JIRO AKAGAWA
MYSTERY BOX
ミステリーの
小箱

命《いのち》のダイヤル

泣ける物語

赤川次郎

汐文社《ちょうぶんしゃ》

もくじ

カバー・本文イラスト　456
デザイン　西村弘美

残された日々

1

伊坂清子《いさかきよこ》は、玄関《げんかん》に誰《だれ》か来ていることに、一向に気付かなかった。

いや、気が付いていたのに、体の方が動こうとしなかったのだ。といって、清子はまだ四十五歳《さい》になったばかりで、ごく普通《ふつう》に——というより、むしろ人並《ひとな》み以上にまめに動く方である。

だが、今日ばかりは、そうできない事情《じじょう》があったのだ。それでも清子は、自分自身に鞭《むち》打っているような気持で、腰《こし》を上げた。

玄関《げんかん》では、入って来たものの、返事がないので、どうしたものかと一人の男が迷《まよ》っていた。

「まあ、お兄さん」

清子は、驚《おどろ》いて言った。「いつ大阪《おおさか》から?」

「昨日だ」

国枝健児《くにえだけんじ》は、そう言って、「上っていいかい？」

と訊《き》いた。

「ええ、もちろんよ。――どうぞ」

「伊坂君は？」

と、居間《いま》へ入りながら、国枝が訊《き》く。

「主人は買物に出てるわ。スリッパとか、お茶を入れておくポットとか……。もっと前に用意しておくんだったのに、何だか、そんな気にもなれなくて……。コーヒーでも淹《い》れましょうか」

「いや、構《かま》わんでくれ」

「いいのよ。何かやっていたときの方が気が紛《まぎ》れるの」

「そうか。――じゃ、頼《たの》む。何時に出るんだ？」

「お昼ごろね。昼食は三人で取ろうと思ってるの。よかったら、お兄さんもどう？」

「いや、俺《おれ》が入らない方がいい」

「そう……。じゃ、悪いけど、遠慮《えんりょ》してもらおうかしら」

清子がコーヒーを淹《い》れて、運んで来る。

「ああ、もちろんそうするよ」

国枝は、コーヒーをゆっくりとすすった。しばらく、二人は黙《だま》り込《こ》んでいた。

「それで……どうなんだ、美奈《みな》ちゃんの様子は」

と国枝が言った。

「ええ……。ほんの二、三週間の入院だと当人には言ってあるの。そう思《おも》い込《こ》んでるようよ」

「そうか。――何とかならんのか」

清子は首を振《ふ》った。

「そうだな。すまん。――何とかできるものなら、やっているはずだからな」

「お金をかけて何とかなるということなら、この家も何もかも売《う》り払《はら》って、お金を作りますよ。でも……いくらお金を積んだって、どうにもならない、って……」

清子の声は、小さくなって消えた。

「全く、何てことだ！　あんなにいい子が、まだやっと十六なのに……」

国枝が怒《おこ》ったように言った。

「お兄さん、大きな声を出すと――」

「ああ、すまん」

清子は、肩《かた》を落としながら、

「本当に、代ってやれるものなら。――私《わたし》はもう四十年以上も生きて来たし、色々楽しい思いもして来たのに、美奈はまだ十六で……」

清子は言葉を切った。それ以上言うと泣いてしまいそうだったのだ。

「だめね……。泣き顔なんか見せたら、あの子が気付くんじゃないかと思って、できるだけ明るくしていようと思ってるのに……」

「無理もないよ」

と、国枝は言った。「それが当然だ」

清子は一つ息をついて、

「すみませんね、主人ももうすぐ戻《もど》ると思うけど」

「うん。――俺《おれ》も仕事先に回らなきゃいかんので、そう長居《ながい》はしないよ」

国枝は立ち上って、「じゃ、ちょっと寄《よ》ったから、と言って、美奈ちゃんに会って行くかな」

「ええ。きっと喜ぶわ」

と、清子は言った。「お兄さんが大阪へ越《こ》したときは、本当に寂《さび》しそうにしてたものね」

「四年前だ。まだ十二歳《さい》だったんだなあ、美奈ちゃんは」

国枝は居間《いま》を出て、

「部屋は分るよ。同じだろ?」

「そんなにいくつもないわよ、うちは」

と、清子は、やっと笑顔《えがお》を見せた。

清子は、国枝の飲んだコーヒーカップを流しに運んで、洗《あら》った。

別に、今洗《あら》う必要もないのだが、何かやっていないと、つい美奈のこと——その短い命のことを考えてしまうのだった。

正に、この三か月が悪夢《あくむ》の中の日々であった。

「せいぜい、もって三か月」

医師《いし》の言葉は、今でも、テープのプレイバックのように、くり返し、清子の耳の中に鳴っている。

それを聞いた瞬間《しゅんかん》は、何も感じなかった。——一体何の話をしてるのかしら、この先生は？

それは誰《だれ》のことなんですか？

清子は、本当に、そう訊《き》いてしまいそうになった。

それを遮《さえぎ》ったのは、一枚《いちまい》のレントゲン写真だった……。

あれ以来、清子は何度同じ夢《ゆめ》を見たことだろう。

電話が鳴る。受話器を取ると、あの医師《いし》が照れくさそうな口調で言うのである。

「実は、レントゲン写真を、他《ほか》の患者《かんじゃ》のと間違《まちが》えてしまいましてね。お嬢《じょう》さんは全く異状《いじょう》なしです。本当に、こちらの手違《てちが》いで、申《もう》し訳《わけ》ありません……」

電話を切って、清子は、美奈と夫と、大笑いするのだ。

その医師《いし》の言葉の一つ一つ、口調から、アクセントまで、もう何度も聞いて、清子は憶《おぼ》え込《こ》んでいた。

時には、本当に電話があったかのように錯覚《さっかく》することもあった。

しかし、冷静になってみると、事態《じたい》は何一つ変っていないのである。

病院も、そんな馬鹿《ばか》げた間違《まちが》いはしないに決っているし、美奈の容態《ようだい》からして、入院して、あらゆる治療《ちりょう》を試みても、三か月先の死を、せいぜい一か月かそこら、先にのばすだけでしかないことも、厳然《げんぜん》たる事実なのだ。

三か月。――美奈に残されたわずかな日々である。

「おい」

振《ふ》り向《む》くと、国枝が立っていた。

「どうしたの？　美奈は？」

「いない」

清子は、ちょっと戸惑《とまど》って、

「どこへ行ったのかしら？　あの子、さっきは確《たし》かに――」

「これが机《つくえ》の上にあった」

国枝が、折りたたんだ手紙を、清子へ差し出した。清子が開くと、あまり、上手《うま》いとはいえない美奈の字である。

「　お母さん、お父さん。

色々気をつかってもらって、ゴメン。自分の病気のこと、よく知ってます。三か月の命なら、病院で苦しんでいるより、好きなように使いたいの。手紙を出します。どうか、捜《さが》さないで。

勝手言ってごめんなさい。　美奈」

清子の手から、手紙が落ちた。

「おい、清子！」

床《ゆか》へ、気を失って倒《たお》れた清子を、国枝があわてて支《ささ》えた。


「ねえ、おじさん、一人？」

女の子の声に、小林《こばやし》は足を止めて振《ふ》り返《かえ》った。

季節外れの海辺の町である。

駅を降《お》りる客は、まばらだった。

「何か用かい？」

小林は、ちょっと警戒《けいかい》した声で訊《き》いた。

「どこかに泊《とま》るの？」

「ああ。――まあね」

「一番いいホテル、知ってる?」

小林はちょっと笑って、

「いいも悪いも、ここの旅館はどこも同じようなもんさ」

と言った。

「海の見える所がいいな。――私《わたし》、一人なのよ」

「ふうん」

「一人じゃ断《ことわ》られそうだしさ。よかったら、親子ってことにしてくれない?」

小林は面食らった。

見たところ、十七ぐらいにしか見えない。コートや、下のワンピースは、なかなか垢《あか》抜《ぬ》けしていて上等らしく見えた。

「東京からかい」

「そう。前の列車で着いたんだけど、誰《だれ》も一緒《いっしょ》に降《お》りないんだもの。ずっと待ってたのよ、ここで」

小林は、ちょっと迷《まよ》った。

もちろん、まともに考えれば、こんな女の子の言うことを真《ま》に受けるべきではない。

しかし、少女は、いかにも屈託《くったく》がなく、自然に見えた。それになかなかの美人でもあった……。

「分った。いいよ。一緒《いっしょ》に行こう」

「サンキュー！」

女の子は飛び上って、喜んだ。「ねえ、お父さん」

「よせよ、おい」

と、小林は苦笑《くしょう》した。「じゃ、海の見えるホテルにしようか」

「うん」

と、少女は元気良く肯《うなず》いた「――私《わたし》、美奈よ。『美しい』、と、奈良《なら》の『奈』」

「僕《ぼく》は小林だ。君はいくつ？」

「十六」

「十六か。――僕《ぼく》は三十九だ。少々若《わか》すぎるかな父親にしちゃ」

「大丈夫《だいじょうぶ》よ。四十過《す》ぎに見えるもの」

小林はガックリ来た。

「――気に触《さわ》った?」

「いや」

と、小林は笑った。

何となく愉快《ゆかい》な女の子である。

こういう道連れがいると、目立たなくて済《す》むかもしれない。

「確《たし》かに四十過《す》ぎの顔だろうな」

と、小林は顎《あご》を撫《な》でた。

ヒゲがザラついている。

「気にしないで。今は中年がもてるのよ」

と、美奈という少女は言った。「それに、おじさん、どことなく、うちのパパと似《に》てる」

「そうかい?」

「そうよ。生活に疲《つか》れてる感じなんて、そっくり」

「いちいち、グサッと来るようなことを言うねえ」

「フフ」

と、美奈は笑って、「正直なのよね、私《わたし》って」

なおさら悪いや。——小林も、この女の子が憎《にく》めなくなって来た。

今の十六なら、もっと大人びているかと思ったのだが、この子は例外的に少女らしいところを残しているようだ。

「ねえ、パパの方がいい? それともお父さん?」

「そうだな。——どっちでもいいよ」

「じゃ、パパにしよう」

「うちじゃ、パパなのかい?」

「お父さん、よ。だから違《ちが》う方にしようと思って」

と、美奈は言って、「あ、あそこに見えるのがホテル？　可愛《かわい》いのね」

「そんなに大きいのを建てても、客が少ないからね」

だからこそ、ここにやって来たのだから。

「おじさん――じゃなかった、パパ。いつまでここにいるの？」

小林は、ちょっとためらってから言った。

「――分らないな」

2

小林は、人のいない、長い廊下《ろうか》を歩いていた。

見馴《みな》れたはずの、会社の中も、いつもと違《ちが》って人がいないと、まるで見たことのない場所のような気がする。

土曜日の午後。

小林の会社は、週休二日制《しゅうきゅうふつかせい》である。だから、今日は休日。

ビル全体が閉《し》まっていて、人の姿《すがた》がないのは当り前であった。

小林は、朝の十時過《す》ぎに社に出て来た。

ビルの裏口《うらぐち》から入って行くと、管理人の老人が顔を出した。

「やあ、仕事かね」

「うん。いやになっちまうよ。――若《わか》い連中は休みを返上してまで働いちゃくれないからね」

「ご苦労さんだね」

と、老人は鍵《かぎ》を持って、部屋から出て来た。

「三階だけでいいよ」

「――エレベーターも電源《でんげん》を切っちまってるんだ」

「歩くさ」

「そうだな」

「大変だろ。僕《ぼく》が開けようか。鍵《かぎ》は帰りに返すよ」

老人は、ちょっとためらった。

老人、といっているが、まだせいぜい六十だろう。人によっては、充分《じゅうぶん》に、働《はたら》き盛《ざか》りである。

しかし、この老人は、膝《ひざ》を少し痛《いた》めているようだった。

「――そうだな。そうしてもらおうか」

と、老人は言った。「鍵《かぎ》は必ず返してくれよ。頼《たの》むぜ」

「分ってるよ」

小林は、ホッとした表情《ひょうじょう》を顔に出すまいと努力した。

鍵《かぎ》束を受け取り、階段《かいだん》を上りかけた、小林へ、

「どれくらいかかるね?」

と、老人が声をかけた。

「二、三時間だな。昼は終ってから食べるから」

「そうか。じゃ、もし、昼飯に出てたら、鍵《かぎ》は――」

「いつもの所へ戻《もど》しとくよ」

「頼《たの》んだぜ」

小林は階段《かいだん》を上って行った。

小林は働き者で、年中残業して遅《おそ》く帰っていることは、あの老人もよく知っている。休日出勤《しゅっきん》もこれが初めてではない。

あの老人が疑《うたが》う理由は、全くないのだ。

小林は、まず三階に上って、ドアを開けた。

ここは小林の所属《しょぞく》する、総務部《そうむぶ》がある。

オフィスは、まるで灰色《はいいろ》の墓場《はかば》のように見えた。――どうして、キャビネットやロッカーはみんな灰色《はいいろ》なのだろう。

人のいないオフィスは、いくらか広く見える。

「さて、始めるか」

と、小林は口に出して呟《つぶや》いた。

まず、自分の机《つくえ》につくと、ちゃんと仕事用の道具を机《つくえ》の上に出し、書類つづりを、それらしく開いて、置いた。

ボールペンのキャップを外し、書類の上に、使いかけ、というように置く。

手早くやることだ。――しかし、下の老人が昼食に出るのを待った方がいいかな、と思い直す。

少しでも危険《きけん》は避《さ》けたい。

小林は、椅子《いす》にかけて、ゆっくりとタバコに火を点《つ》けた。――手は、別に震《ふる》えていない。震《ふる》えるもんか。当り前のことを、やるだけだ。

小林は、新聞のつづりを持って来て、眺《なが》め始めた。

十二時までが、ひどく長かった。やっと十二時十分になると、小林は行動に移《うつ》ることにした。

老人が、出かけたかどうか、確《たし》かめたかったが、その方法がない。わざわざ見に行っては、却《かえ》って怪《あや》しまれるだろう。

小林はオフィスを出ると、鍵《かぎ》束を手に、階段《かいだん》を上った。

五階は経理課《けいりか》のフロアだ。

小林は、そのドアの鍵《かぎ》をあけ、中へ入った。——金庫は、課長室の中である。

幸い、課長室の窓《まど》は、隣《となり》の大きなビルの壁《かべ》で、ふさがれているのも同然なのだった。

小林は、上衣《うわぎ》の内ポケットから、鍵《かぎ》を取り出した。——金庫の鍵《かぎ》である。

この鍵《かぎ》は、もちろん複製《ふくせい》だが、型を取る機会は、全く偶然《ぐうぜん》に訪《おとず》れたのだった。いや、そのとき、初めて小林は、この計画を思い付いたのだった。

「計画か」

と、小林は笑った。

実際《じっさい》、計画といえるほどの計画ではなかった。

当然、あの老人の証言《しょうげん》もあり、金庫を開けたのが小林であることは、すぐに分る。

ただ、発見されるのが、おそらく月曜日になるだろうから、その間に逃《に》げることはできる、と思っていた。

いずれにしても、大した計画ではなかったのだ。

小林は、金庫に鍵《かぎ》をゆっくり差《さ》し込《こ》んで、回した。——もちろん、これだけでは開かない。

小林は、この金庫のダイヤルの番号を知っていたのだ。十八歳《さい》から、二十年余《よ》、働いて来た強みであった。

自分の持分に関係ない情報《じょうほう》も、あれこれと入って来る。

金庫は静かに開いた。——呆気《あっけ》ないほど、簡単《かんたん》だった。

現金《げんきん》の入った箱を、取り出す。現金取引《げんきんとりひき》のための現金《げんきん》一千万が、金曜日に入って来ていることも、小林は知っていた。ここ十年来、ずっとそうなのだ。

今週も例外ではなかった。

小林は、現金《げんきん》の箱をかかえて、金庫の扉《とびら》を閉《し》めた。——これで終り。

簡単《かんたん》なものだ。小林は笑いたくなった。

しかし、振《ふ》り向《む》いて、小林の体は凍《こお》りついた。――管理人の老人が立っていたのだ。

「何をしてる!」

老人は、震《ふる》える声で言った。

「いや――ちょっと用が――」

「この野郎《やろう》!」

老人が、なぜつかみかかって来たのか、後になっても、小林には分らなかった。まさか危険《きけん》とは思わなかったのだろうか。しかし、いくら小林が強くないと言っても、年齢《ねんれい》が違《ちが》う。

老人は、おそらく、鍵《かぎ》を小林に任《まか》せてしまった自分の弱さを、自ら憤《いきどお》っているのに違《ちが》いなかった。

二人はもみ合った。――小林は、何もしなかった。これは本当である。

老人は勝手に倒《たお》れ、頭を、大きなデスクの角に打ちつけた。そして、それきり、動かなくなったのだ。

「——おはよう」

若《わか》い女の声で、小林はハッと目を覚まして、起き上った。

カーテンが開いて、部屋が明るくなった。

ホテルの浴衣《ゆかた》を着た少女が、微笑《ほほえ》んでいる。

そうか。——小林は、やっと、思い出した。

「もう十時よ」

「そんな時間か」

小林は頭を振《ふ》った。

「朝ご飯、冷めちゃってるわ。温めてもらう?」

「いや、いいよ」

と、小林は言った。「君は食べたのか」

「うん。——娘《むすめ》に『君』じゃ変よ。パパ」

小林は笑った。

食事を終えて、小林が顔を洗《あら》って戻《もど》ると、美奈は服を着て待っていた。

「せっかく来たんだもの。見物しましょうよ。いい天気よ」

「そうか。寒くないかな」

「大丈夫《だいじょうぶ》。今朝、早く起きたんで、少し外へ出てみたの。平気だったわ」

「じゃ、歩いてみるか、海岸でも」

「玄関《げんかん》のところで待ってるわ」

美奈は、部屋から小走りに出て行った。

二人は、ホテルの玄関《げんかん》を出ると、わきの階段《かいだん》を降《お》りて行った。

岩の多い海岸だが、その辺だけは、小さな白い砂浜《すなはま》になっている。

海が呼吸《こきゅう》をくり返し、その息を吹《ふ》きかけて来た。

「気持がいいわ」

美奈は大きく伸《の》びをした。「――ね、泳げる？」

「こんな寒いときに入ったら、死んじゃうよ」

「違《ちが》うわよ、おじさんが泳げるか、って訊《き》いたの」

「ああ、そうか」

小林は笑った。「当り前さ。――僕《ぼく》はこの町の生れなんだ」

「へえ。そうなの。それじゃ、誰《だれ》か親戚《しんせき》とか」

「食って行けなくなって、この町から夜中に一家で逃《に》げ出《だ》したんだ。――僕《ぼく》が十歳《さい》のときさ」

「じゃ、あんまりいい思い出はないわけね」

「そうなんだ。知人といっても、もう、今会ったって誰《だれ》も気が付くまい」

「寂《さび》しいね」

「それでも、ここへ来たくなるんだ。不思議なもんだな」

と、小林は波《なみ》打《う》ち際《ぎわ》まで歩いて行きながら、言った。

「よく泳いだの？」

「ああ。ここは町の連中の海水浴場だったからね。あのホテルもなかった。ずっと遠浅でね。泳ぐにはもってこいなんだ」

「楽しそう！」

「ただね――ほら、あの出張《でば》った岩があるだろう」

「見えるわ」

「あの先へ行くと、急に海流が変って流れに引《ひ》き込《こ》まれる。どんどん沖《おき》へ沖《おき》へと連れて行かれるんだ」

「怖《こわ》いのね」

「僕《ぼく》がいた頃《ころ》でも、十二、三の子が一人、死んでる。――まあ、それで遊泳禁止《きんし》にしないのが、いいところだな」

「そうね」

「今の子は、危《あぶな》い所へは近付けてもらえないから、危《あぶな》い、ってことを知らないんだ。――あれこそ、却《かえ》って危《あぶな》いんじゃないかと思うね。そりゃ事故《じこ》で死ぬこともあるかもしれないが……」

「人間、何で死ぬか分らないものね」

小林は、美奈の言い方に、ちょっとギクリとして、振《ふ》り向《む》いた。——が、美奈は、別に気にもとめていない様子である。

「今、おじさんの両親はどうしてるの?」

「お袋《ふくろ》は病気で死んだ。僕《ぼく》が二十歳《はたち》のときだ。——親父《おやじ》は、夜逃《よに》げの後、間もなくいなくなって、それきりさ」

「まあ、ひどい」

「生きちゃいないだろう。大体酒で体をやられてたからな」

「兄弟は?」

「いない」

「同じだ。一人っ子よ」

「そうか」

小林は、何も訊《き》かなかった。

何か事情《じじょう》がなければ、こんな所へ来ているはずがない。――それをわざわざ聞いてみても仕方なかった。

子供《こども》といっても、もう十六、七になれば、それなりに、色々な事情《じじょう》を背負《せお》っているはずだ……。

「少し町を歩いてみるか」

と、小林は言った。

「うん」

「じゃ、上ろう。下からは行けない」

二人は階段《かいだん》を上って、ホテルの前に出た。

「あら――」

と、美奈が言った。

小林の顔がこわばった。

ホテルの玄関前《げんかんまえ》に、二台のパトカーが、横付けされていたのだ。

「ああ、お客さん」

ホテルのフロントの男が出て来た。

「すみませんが、ちょっと――」

早過《はやす》ぎる。小林は思った。――まだ、早過《はやす》ぎる。

3

「すると、親子で旅行に?」

と、警官《けいかん》が訊《き》き返した。

「そうです」

と、小林は言った。

他に言いようがない。――逃《のが》れられないと分っても、まだ諦《あきら》め切れなかった。

「すると……お嬢《じょう》さんは、十六歳《さい》」

「はい、そうです」

と、美奈が肯《うなず》く。

「――学校は？」

と、警官《けいかん》が言った。「どうしたんです？」

小林は、しまった、と思った。――確《たし》かに、会社なら休暇《きゅうか》を取って、と言えるが、学校をそう簡単《かんたん》に休むことはない。

「それは――その――」

と、小林は言《い》い淀《よど》んだ。

どう言っていいか分らない。だから、言葉が続かないのである。

「どうしました？」

警官《けいかん》は、疑惑《ぎわく》の色を隠《かく》そうとしなかった。

「パパ」

と、美奈が言った。「——もういいのよ」

小林は美奈を見た。

「私《わたし》、知ってるんだから」

警官《けいかん》がいぶかしげに、美奈を見る。

「お巡《まわ》りさん。父が返事をしないのは、私《わたし》に本当のことを隠《かく》したいからなんです」

「本当のこと？」

「私《わたし》は、ガンで、もう三か月くらいの命なんです」

と、美奈は言った。「だから、入院の前に、二人で旅行をして、最後の思い出にしようって……。でも、父は私《わたし》が何も知らないと思ってるんで、今もご返事できなかったんです」

美奈は、小林を見た。

「ね、パパ。——隠《かく》さないでいいの。私《わたし》、知ってるんだから」

小林は、何とも言えなかった。二人は、じっと見つめ合っていた。

警官《けいかん》が、咳払《せきばら》いをした。

「それはその——申《もう》し訳《わけ》ないことをしまして……」

と、頭を下げる。「そんな事情《じじょう》とは存《ぞん》じませんでしたので」

小林も機械的に頭を下げた。

「では、失礼します」

と、警官《けいかん》は立ち上ると、「それにもう一つ、お詫《わ》びしておかんと……」

「何でしょう?」

「今、お部屋の荷物を調べさせているんですよ」

小林は、軽く息をついた。——どうせ、むだなことだったのだ。

金は、ボストンバッグに、無造作《むぞうさ》に詰《つ》め込《こ》んである。すぐに見付かってしまうに違《ちが》いない。

「——調べました」

と、若《わか》い巡査《じゅんさ》がやって来る。「何もありません」

「そうか。では、どうかお気を悪くなさらずに——」

詫《わ》びて、警官《けいかん》たちが帰って行く。

ホテルの方も、悪いと思ったのか、小林たちの部屋に、果物などを届《とど》けて来た。

小林は、何が何だか分らず、ポカンとして座《すわ》っていた。——美奈が、やがてふっと笑うと、

「どう? うまく切《き》り抜《ぬ》けたわね」

と言った。

「君は——」

「ゆうべ、おじさん、大分寝言《ねごと》を言ってたわよ。大体のことは分ったわ」

「寝言《ねごと》か……」

「だから、バッグを調べて、お金の包みがあったんで、洗面台《せんめんだい》の裏側《うらがわ》へ隠《かく》しておいたのよ」

「そうか」

「それに、あの言いわけ、どう？　不治の病で、ってのは泣かせるでしょ？」

と、美奈は得意げに言った。

突然《とつぜん》、小林が平手で美奈の頬《ほお》を打った。

パシッと音がして、美奈はよろけて、驚《おどろ》いて目を見張《みは》った。

「——すまん」

小林は、顔をそむけた。「悪かった……。しかし……やめてくれ。そんな。子供《こども》が病気だと嘘《うそ》をつくのは——いかん。それはだめだ」

「おじさん……」

「そういう嘘《うそ》はついちゃいけない。聞かされたことはないかい？　病気の嘘はつくもんじゃない、って。——君は若《わか》くて、元気なんだ。君が——もし、そんな嘘《うそ》をついて、——もし本当になったらどうする！」

小林は少し間を置いて、「——ありがたいと思ってるよ、しかし——あんな嘘《うそ》はもうやめてくれ。そのせいで捕《つか》まったって、構やしない」

と言った。

美奈は、じっと、小林を見つめていた。

小林は、恐《おそ》る恐《おそ》る美奈を見て、

「――痛《いた》かったろ？」

と訊《き》いた。

美奈は立ち上ると、コートを着て、部屋から出て行った。

小林は、急に体中の力が抜《ぬ》けてしまったような気がした。

馬鹿《ばか》なことをしたもんだ。

せっかくかばってくれたのに、怒《おこ》らせてしまった。――警察《けいさつ》へ連絡《れんらく》しに行ったのか、それとも……。

まあ、どうでもいい。どっちにしろ、今はまだ俺《おれ》の手配写真が出回っていないから、警察《けいさつ》も見逃《みのが》したが、やがて俺《おれ》の写真が来て、それをさっきの警官《けいかん》が見るのも時間の問題だ。

そうなれば、逃《に》げられやしない。

しかし、一体何のために、俺《おれ》はあんなことをしたんだろう、と小林は思った。

金があるのだ。大都会——大阪とか、名古屋とかへ行って、身を隠《かく》していることも、できるのに、なぜ、こんな田舎町《いなかまち》へ来たのだろう？

——何も分らない。

ただ、あの老人の死体を見ていて、もう何も分らなくなり、いつの間にか、ここへ向う列車に乗っていたのである。

ここに、何の救いがあるというわけでもないのに……。

十五分くらいたったろうか。

美奈は帰って来なかった。小林は、果物を食べる気にもなれず、ゴロリと畳《たたみ》に横になった。

部屋の電話が鳴る。出てみると、外からだという。

ここに誰《だれ》がかけて来るのだろう？

「もしもし」

と、女の声がした。

「はあ」

「恐《おそ》れ入《い》ります。そちらは、若《わか》い女の子とご一緒《いっしょ》とうかがいまして」

「ええ……。それが何か?」

「あの――実は――」

と、しばらくためらってから、「こんなことを申し上げてお怒《いか》りになるかもしれませんが、実は、うちの娘《むすめ》が家を出てしまいまして、色々調べて、そこの近くの駅で降《お》りた人が、娘《むすめ》とよく似《に》ていたという知らせがあったんです」

「はあ」

「それで、近くの旅館へ、一つ一つ電話をしているんです」

「なるほど。しかし、うちは娘《むすめ》と二人の旅行でしてね」

「そうですか。同宿の方で、十六ぐらいの女の子はおりませんでしょうか?」

「いや、いないようですね。——お嬢《じょう》さんはどうしてまた家出なんか——」

「はあ……」

女の声は低くなった。「娘《むすめ》はガンで、あと三か月の命と言われております。ずっと隠《かく》していたつもりでしたが、娘《むすめ》の方は気付いていまして……。三か月の命なら、入院しているより、好きなことをしたい、と書き置きをのこして、いなくなってしまったのです。——もし、それらしい子を見かけましたら——名前は美奈と申します。どうか知らせて下さい」

涙声《なみだごえ》になって切れてしまう。

小林は、呆然《ぼうぜん》として、受話器を持っていた。知らせてくれと言って、向うは名前も言わなかった。

やはり動揺《どうよう》しているのだ。

小林は受話器を置くと、今聞いた話を、いわば、かみ砕《くだ》くことができずに、しばらくぼんやりと座《すわ》っていた。

そして急に立ち上ると、部屋を出た。

「——娘《むすめ》は？」

と、フロントへ声をかける。

「駅の方へ行く道を行かれましたけど——」

「ありがとう！」

小林は靴《くつ》をはくと、ホテルを飛び出した。そして、駅への道を急いだ。

いつしか、小林は走っていた。

4

ハアハアと喘《あえ》ぎつつ、小林は走っていた。

畜生《ちくしょう》、運動不足なんだな！

向うから、パトカーがやって来るのが見えた。——小林は足を止め、傍《かたわら》の背《せ》の高い草の中へと、飛《と》び込《こ》んだ。

キーッとブレーキの音がして、

「待て！　小林！」

と、声がした。

やっと分ったのか！

小林は走りたくなった。——走って、走って、走り続ける。

追う方も、容易《ようい》には諦《あきら》めない。

足音と叫《さけ》び声《ごえ》が、耳を打つ。

「撃《う》つぞ！」

と、声がして、銃声《じゅうせい》が響《ひび》いた。

威嚇射撃《いかくしゃげき》だ。小林は走り続けた。

「止れ！　撃《う》つぞ！」

撃《う》てよ、勝手に、と小林は呟《つぶや》いた。

銃声《じゅうせい》が響《ひび》いた。

すぐそばで、誰《だれ》かが倒《たお》れた。――小林は足を止め、草をかき分けてみた。

美奈が倒《たお》れている。

「しっかりしろ！」

小林は美奈をかかえ上げると、夢中《むちゅう》で駆《か》け出《だ》して行った……。


美奈は目を開いた。

少し視界《しかい》がかすんでいる。――霧《きり》でも出たのかな、と思った。

「気が付いたか」

と、声がした。

目が焦点《しょうてん》を結んだ。――小林という、あの中年男だ。

「パパ」

と呼《よ》んで、美奈は微笑《ほほえ》んだ。「ここは？」

動こうとして、わき腹《ばら》に痛《いた》みが走ったので、美奈は、

「アッ」

と、声を上げた。

「あんまり動くな」

と、小林が言った。「君は撃《う》たれたんだよ」

「警官《けいかん》に？――そうか。そうだったっけ。あなたが逃《に》げて来るのが目に入ったものだから……」

「無茶《むちゃ》しちゃいけないよ」

「傷《きず》は重い？」

「そうだな。これで死んだら、医学界がひっくり返るような、かすり傷《きず》だよ」

「なんだ」

と、美奈は笑った。「あ、いたた……」

「じっとして！」

「ここは？」

海の匂《にお》いがした。波の音も。

「あのホテルの下の海岸さ。端《はし》の方の岩陰《いわかげ》だよ」

「よくここまで……」

「人間、必死になると力が出るよ」

「おじさん、撃《う》たれなかったの？」

「ああ」

「良かったわ」

「良くないさ。代りに君が撃《う》たれて。――これで傷《きず》がひどかったら、僕《ぼく》の立場はどうなる？」

美奈は、砂《すな》の上に横たわっていた。

「――私《わたし》、駅へ行ってたの」

「帰るつもりで？　家へ……」

「違《ちが》うわ。おじさんが切符《きっぷ》買いに行ったら、危《あぶな》いと思ったの。――ポケットに――コートのポケットに切符《きっぷ》があるわ」

「ここかい?」

「ええ。――奥《おく》を探《さぐ》ってみて」

小林は、両方のポケットを探《さぐ》って、肩《かた》をすくめた。

「ないよ」

「じゃ、どうしたのかしら?」

「きっと走ってるときか、倒《たお》れた拍子《ひょうし》に、落ちちまったんだろう」

「がっかりだわ。――ごめんなさい」

「君が謝《あやま》ることはないよ」

と、小林は笑った。

美奈は小林を見て、

「――これから、どうするの?」

と訊《き》いた。

「そうだなあ……」

「もうホテルには——」

「警察《けいさつ》が来てるさ」

「自首したら？」

小林は少し間を置いて、言った。

「海は変らないな」

「え？」

小林は、じっと海の方へ目を向けている。

「——何となく分ったよ」

「何が？」

「どうしてここへ来たのか、さ。変らないものが見たかったんだ」

と、小林は言った。「僕《ぼく》は人を殺し、金を盗《ぬす》んだ。——変っちまった自分にいや気がさして、変らないもの、昔の通りのものが、どうしても見たくなったんだ」

「海だけが同じだったの?」

「そうだ」

「でも、おじさんが刑務所《けいむしょ》から出て来ても、海は変らないよ、きっと」

小林は、ちょっと笑った。

「そうだな」

「そうしたら?」

「いや……。それじゃ、僕《ぼく》の気持はおさまらない」

「じゃ、どうするの?」

「さっき言ったことを憶《おぼ》えているかい?」

「どういうこと?」

「この海さ。——ずっと遠浅で、突然《とつぜん》、流れが変る、って……」

「憶《おぼ》えてるわよ」

と、美奈は肯《うなず》いた。

「だから、これから海へ入って、沖《おき》に向って泳ぐんだ」

小林がさり気なく言う。

「——本気なの?」

「ああ」

「だけど……」

「海で死ぬなら、別に怖《こわ》くないよ」

「そこまでしなきゃいけないの?」

「そうとも」

小林は肯《うなず》いた。「それが僕《ぼく》の償《つぐな》いだ」

美奈は、目を伏《ふ》せて、少し考《かんが》え込《こ》んでいたが、やがて言った。

「——私《わたし》も行く」

「馬鹿《ばか》言っちゃいけない」

「泳げるわよ。これぐらいの傷《きず》なら」

「だめだめ」

「だって、私《わたし》も長くはないんだもの」

小林は、ちょっと美奈をにらんで、

「また叩《たた》かれたいのか」

と言った。

「本当なんだってば。私《わたし》、あと三か月の命なのよ」

「悲劇《ひげき》のヒロインになるにはね、二十年は早いぞ」

「信じてくれないのね」

「当り前だ。そんなに元気のいい不治の病があるもんか」

「だって、本当なんだもん」

と、美奈は口を尖《とが》らした。

「本当に死にかけてる人間は、そんなこと、人にゃ言わないもんだ」

と、小林が言った。「そうだろう。それは甘《あま》えだよ。自分が一番可哀《かわい》そうだと主《しゅ》張《ちょう》したいんだ。周囲がもっともっと苦しんでるってことに気付かないんだ」

美奈は小林の言葉に、口をつぐんでしまった。

「君がもし、本当に病気なら、こんな所にいるわけがないだろう。両親のもとから出て来るわけがない。三か月しかないのなら、三か月一緒《いっしょ》にいてあげたいと思うのが当り前じゃないか」

美奈は、じっと海の方を見ていた。

「――さて」

と、小林は立ち上った。「その内、ここにも警察《けいさつ》が来るだろう」

「行くの？」

「うん。邪魔《じゃま》されたくないからね」

小林は手を差し出した。「じゃあ、色々、ありがとう」

「別に私《わたし》――」

「若《わか》い女の子と同じ部屋で寝《ね》ただけでも楽しかったよ」

「やあだ」

美奈は少し赤くなって、小林の手を握《にぎ》った。

「じゃ、ここにいるんだ。——どうせ、すぐに、ここにも降《お》りて来るよ」

「ええ」

「じゃ、元気で」

と言ってから、小林は笑った。「何だか妙《みょう》だな」

「さよなら……」

「うん。——さよなら」

小林は、まるで、真夏に海へ入る海水浴客のように、気楽に海の方へ歩いて行き、波が足下《あしもと》まで来ると、靴《くつ》を脱《ぬ》いで投《な》げ捨《す》てた。

美奈は、小林が、波の中へ少しずつ入って行くのを見送っていた。

遠浅なので、小林の姿《すがた》は、ずいぶん遠くまで見えていた。

そして、深くなったのか、急に頭が見《み》え隠《かく》れするようになって、たちまち波の間に消えて行った……。

美奈は、濡《ぬ》れた砂《すな》の上に転がっている、小林の靴《くつ》を、眺《なが》めていた。

「——誰《だれ》かいるぞ！」

人の声が、高い方から聞こえて来る。

美奈は、傷《きず》を押《おさ》えながら、そろそろと立ち上り、砂《すな》に足を取られそうになりながら、歩き出した。

そして、小林の靴《くつ》を片方《かたほう》ずつ、拾っては波に向って放り投げた。

振《ふ》り向《む》くと、警官《けいかん》たちが、ホテルのわきの階段《かいだん》を降《お》りて来るところだった。

「美奈……」

清子は、玄関《げんかん》を入って来た美奈を一目見るなり、何も言えなくなってしまった。

「ただいま」

美奈は、ちょっと照れたように言って、上って来る。

「気を付けて。ケガの方は？」

「大丈夫《だいじょうぶ》よ」

迎《むか》えに行った父が、後から入って来る。

「おい、一度、傷《きず》をこの近くの病院で診《み》てもらえよ」

「そうね。その方がいいわ」

「だって、どうせ――」

と言いかけて、美奈は肩《かた》をすくめて、「いいわ。じゃ、そうする」

「さあ、入って。――お腹空《なか》いたろ？」

「そうね。駅弁《えきべん》、まずかったから」

「すぐ夕ご飯だからね」

と、清子は急いで台所へ消える。

美奈はソファに座《すわ》って、息をついた。

我が家《わがや》だ。――美奈にとっては、最高の景色だった。

「おい、美奈、コートを脱《ぬ》げよ」

と、父が言った。

「ああ、そうね」

立ち上って、コートを脱《ぬ》ごうとして、ふとポケットに手を入れる。――切符《きっぷ》が出て来た。

小林に、と思って買った切符《きっぷ》だった。

「――なあ、美奈」

「うん?」

「お前はもう事情《じじょう》が分ってる。――私《わたし》たちももう隠《かく》しはしないよ」

「前は隠《かく》してるつもりだったの? 顔に書いてあったわよ」

と、美奈は笑顔《えがお》で言った。

「お前にゃかなわん」

と、父も笑った。「――どうだ。どこか行きたい所はあるか？　入院しても、途《と》中《ちゅう》で退院《たいいん》できる日もある」

「そうだな」

と、美奈は考えた。「ベッドでゆっくりと検討《けんとう》するわ。それくらいの時間はあるでしょ」

「充分《じゅうぶん》さ」

と、父は言った。「お前、あそこで一緒《いっしょ》にいた男とは前からの知り合いか？」

「いいえ。あそこで初めて会ったのよ」

「殺人犯《さつじんはん》とか聞いたぞ」

「弾《はず》みでやったようね。でも――自分の命で償《つぐな》ったわ」

「好きだったのか？」

「さあ……。もう、二、三日一緒《いっしょ》にいれば、そうなったかもしれないわ」

「もう大分中年なんだろ？」

「まだ三十九よ。――お父さんも、まだ若《わか》い子にもてる可能性《かのうせい》があるってことよ。頑《がん》張《ば》って」

「変なこと、たきつけないで」

と、清子が笑いながら、入って来る。「さあ、紅茶《こうちゃ》でも飲んで」

「うん。――我《わ》が家《や》の紅茶《こうちゃ》が一番おいしいわ」

清子は、ふと涙《なみだ》がにじんで来て、あわてて顔をそむけた。

ちょうど電話が鳴って、清子は急いで駆《か》け寄《よ》った。

「はい。――あ、先生、入院が遅《おく》れて申《もう》し訳《わけ》ありません。――は?」

「いや、実はですね、レントゲン写真を、他《ほか》の患者《かんじゃ》のと間違《まちが》えてしまいましてね……」

医師《いし》は、照れくさそうな口調で言った。

「間《ま》違《ちが》えられた男」の明日

1

「ママ！」

両手両足を泥《どろ》だらけにしたミキが駆《か》けて来ると、「ね、ミキね、プール作ったんだよ！」

と、得意げに報告《ほうこく》した。

「あらそう。良かったわね」

ベンチで一人、日当りの良さについウトウトしかけていた内山幸江《うちやまゆきえ》は、二歳《さい》になったばかりの我《わ》が子《こ》に笑って見せて、「でも、そのお手々で目をこすったりしちゃだめよ。いいわね？　プールができ上ったら、ちゃんとお手々を洗《あら》いましょうね」

「うん」

ミキはまん丸な顔でコックリと肯《うなず》くと、「ちゃんとできたら、見に来てね」

「はいはい。見せてもらうわよ」

と、幸江は肯《うなず》いて見せた。

ミキはタッタッとはねを上げながら、また駆《か》けて行ってしまう。

この団地《だんち》の中の公園は、たいていいつも見知った顔ばかりで、子供《こども》たちも、ほぼ同じ時間に同じ子たちが集まる。その意味では安全だし、遊ばせていても気が楽なのである。

内山幸江は、公園の入口に飾《かざ》ってあるピンクの時計へちょっと目をやった。——午後の二時。

そろそろ、ミキが眠《ねむ》くなる時間だ。例の「プール工事」がすんだら、連れて帰って、シャワーを浴びさせると、ちょうどお昼寝《ひるね》の時間になるだろう。

三時を過《す》ぎれば、晴子《はるこ》も帰って来るから、ミキのことは晴子に任《まか》せて買物に出ればいい。——幸江の頭の中には、しっかりと計画が立っていた。

晴子は十四歳《さい》、中学二年生だから、ミキを任《まか》せておいても大丈夫《だいじょうぶ》。ずっと一人っ子だったたし、「あのこと」があってからはあまり口をきかない陰気《いんき》な子だったのだが、幸江が内山と再婚《さいこん》、ミキが生れて、この団地《だんち》に越《こ》して来ると、見違《みちが》えるように明るくなった。

幸江もホッとしていた。何といっても、晴子は一番むずかしい年ごろだったから……。

でも、もう大丈夫《だいじょうぶ》。晴子はミキのおしめをかえてやったり、ミルクを飲ませたりするのが何より楽しそうだし、新しい父親にもすっかりなついている。

本当に……。幸江は、深々と息をついて、まぶしいほどの爽《さわ》やかな秋空を見上げた。

本当に、何が幸いするか分らないものだわ。――一時は、どうして自分がこんなひどい目にあうんだろう、と泣いたのに、今は何の不安もない。

そう。――この青空のように。

足音が、少し離《はな》れた所で止った。

「失礼」

と、男の声が言った。「戸川《とがわ》幸江さん？」

幸江はギクリとした。その名で呼《よ》ばれることは、もう二度とないと思っていたのに。

見たことのある男……。くたびれた背広《せびろ》を着て、すっかり頭が禿《は》げ上《あが》っている。

「あの……」

「失礼。戸川さんじゃなかった。今は――内山さんでしたか」

「ああ。――刑事《けいじ》さん」

思い出した。何て名前だったろう？

「憶《おぼ》えていてくれましたか」

と、その刑事《けいじ》は微笑《ほほえ》んだ。「倉田《くらた》です。その節は」

「あ、そう、倉田さんでしたね。すみません、うっかり忘《わす》れていて」

「いや、当然ですよ。もう七年になる」

倉田刑事《けいじ》は、ベンチの方へやってくると、「よろしいですか？」

「どうぞ。今、子供《こども》が――」

「ママ！」

と、ミキが走って来ると、「もうちょっとだからね！」

「はいはい」

と、幸江は手を振《ふ》った。

「内山さんの――」

「ええ。今、二歳《さい》です。上の子とは大分離《はな》れてしまいました」

幸江が少し頰《ほお》を染《そ》めた。

「娘《むすめ》さん――晴子さん、でしたか。お元気ですか」

「ええ、とても。ここへ越《こ》して、すっかり気持が切りかえられたようです」

「それは良かった」

倉田は肯《うなず》いた。「私《わたし》はすっかり薄《うす》くなりまして」

と、頭をツルリとなでるので、幸江は笑った。

しかし――何の用事もなく、この刑事《けいじ》がやっては来ないだろう。しかも、引越《ひっこ》し先までわざわざ足を運んでいるのだ。

「何かあったんでしょうか」

と、幸江は訊《き》いた。

「ええ。実は……」

倉田が少し重苦しい表情《ひょうじょう》になって、「ご主人のことで――いや、元のご主人ですな。戸川治夫《はるお》のことで」

「あの人が……どうしたんです?」

倉田は幸江から目をそらすと、口を開いた。

「ママ! できたよ、プール!」

と、ミキが勢《いきお》いよく駆《か》けてきた。

*

「戸川」

と呼《よ》ばれて、雑誌《ざっし》をおろすと、

「はあ」

と、戸川治夫は固いベッドから起き上った。

看守《かんしゅ》の大津が、苦虫をかみつぶしたような顔で、

「面会だ」

と言った。

戸川は戸惑《とまど》った。――今日は面会日ではない。それに、ここ何年も、誰《だれ》も面会に来たことなどなかったのだ。

「早くしろ！」

大津はいやに不機嫌《ふきげん》である。――戸川は心配だった。

何かまずいことでもやっただろうか？　覚えがない。

しかし、大津を怒《おこ》らせると、ろくなことにならない。それはこの刑務所《けいむしょ》での六年余《あま》りの日々で、充分《じゅうぶん》身にしみている。

「何だい」

と、同じ房《ぼう》の男が言った。

「さあ……。ともかく行くよ」

「気を付けな。大津の奴《やつ》には用心しないと」

ささやくような声でしゃべっている。大津に限《かぎ》らず、看守《かんしゅ》の耳は鋭《するど》い。

廊下《ろうか》へ出ると、大津について歩いて行く。――いやな気分だった。

刑務所《けいむしょ》での日常《にちじょう》は、時計がいらないくらい、正確《せいかく》に管理されている。その時間割《じかんわり》にないものが割《わ》り込《こ》んでくるというのは、いい前兆ではない。たいていはろくでもないことなのだ。

戸川は戸惑《とまど》った。

いつもの面会室ではない。所長室へ連れて行かれたのだ。

「入れ」

大津に言われて、おずおずと中へ入る。

「やあ、来たな」

所長の神田《かんだ》は、ここへ来て二年だ。戸川が、自分よりずっと若《わか》いこの所長を、こんなに近くで見るのは初めてだった。

「かけたまえ。——この人を憶《おぼ》えてるか？」

もう一人の男が、分厚《ぶあつ》い鞄《かばん》をかかえて、ソファに座《すわ》っている。戸川も、すぐに思い出した。

「弁護士《べんごし》さんですね。浜口《はまぐち》さんでしたね、確《たし》か」

「そうそう。いや、元気そうだ。ホッとしたよ」

「あの節はお世話に……」

「いやいや。実は——」

と、弁護士《べんごし》が言いかけるのを、所長の神田が遮《さえぎ》った。

「いい話なんだよ、戸川君」

「はあ？」

「君は釈放《しゃくほう》される」

戸川は耳を疑《うたが》った。

「――何とおっしゃいました？」

「真犯人《しんはんにん》が挙《あが》ったんだ」

と、浜口が言った。「半年前、ある男が、幼稚園《ようちえん》帰りの女の子にいたずらしようとして、泣き出され、草むらへ連《つ》れ込《こ》んだ。通りかかった大人が見付けて、その男を取《と》り押《おさ》えてね。子供《こども》は無事だった」

戸川は黙《だま》って聞いていた。――理解《りかい》するのに、時間がかかりそうだ。

「警察《けいさつ》の取り調べで、男は他にも何件《なんけん》かの犯行《はんこう》を自供《じきょう》した」

と、浜口が続けた。「その中に、何と君がやったことにされていた、例の事件《じけん》も含《ふく》まれていたんだよ。――私《わたし》が呼《よ》ばれて、その男と会った。確《たし》かにね、君と良く似《に》ている。薄暗《うすぐら》い所で会えば、間違《まちが》えるかもしれない。体つき、背丈《せたけ》、どれも似《に》ているんだ」

「はあ……」

「念のため、あのときの目撃者《もくげきしゃ》にも面通しをした。もう七年も前のことだから、確《たし》かじゃないが、似《に》ている、という意見だった」

浜口は笑顔《えがお》になって、「何よりね、あのとき、失くなっていた女の子の靴《くつ》の片方《かたほう》。あれがその男のアパートの押入《おしい》れで発見されたんだ。これで間違《まちが》いない、ということになった。──君は無実だった。主張《しゅちょう》していた通りにね」

戸川の体は震《ふる》えて来た。──これは現実《げんじつ》なのか？　夢《ゆめ》じゃないのか。それとも、俺《おれ》をからかって、面白《おもしろ》がってるだけじゃないのか……。

「再審請求《さいしんせいきゅう》をして、手続に少しかかるが、何日でもない。君は無罪放免《むざいほうめん》になる。良かったな、本当に」

「はあ……」

「戸川君は至《いた》っておとなしく、模範囚《もはんしゅう》だった」

と、神田所長が言った。「私《わたし》も、いつも不思議に思ってたんだ。この男が、小さな女の子を襲《おそ》って、半死半生の目にあわせるなんて、信じられない、とね。──疑《うたが》いが晴れて良かったね」

「全く」

と、浜口が肯《うなず》いて、「警察《けいさつ》の大黒星さ。君にとっても、謝《あやま》られたところで、腹《はら》の虫がおさまるまい。しかし、ともかく分って良かった。その後のことは、ゆっくり考えよう」

「はあ……」

他に何も言えなかった。——戸川は、突然涙《とつぜんなみだ》がこぼれて来るのを止められず、顔を伏《ふ》せてしまっていた……。

2

「お世話になりまして」

と、戸川は頭を下げた。

「ご苦労さん。大変だったね」

重い扉《とびら》を開けてくれる係員が、言った。

戸川は胸《むね》が熱くなった。それは、ここ何年かの間に聞いた、一番暖《あたたか》い言葉のように思えた。

——無実と判明《はんめい》して、新聞やTVでニュースは流れたが、それでもすぐに刑務所《けいむしょ》を出るわけにはいかなかった。色々ややこしい手続というものが待っていたからだ。

しかし、「無実だった」という話が広まると、刑務所内《けいむしょ》で戸川は丁重《ていちょう》に扱《あつか》われるようになった。

他の受刑者《じゅけいしゃ》たちからねたまれるのでは、と心配していた戸川だったが、むしろ誰《だれ》もが、「出て行く者」に、「自分もいつか」という夢《ゆめ》を重ね合わせているようだった。

いつも何かと戸川をいじめて喜んでいた粗暴《そぼう》な男も、急に戸川にやさしくなり、別れるときは涙《なみだ》ぐみさえしていた。——みんな寂《さび》しいのだと戸川は思った。どんな形でも、人とつながりがほしいのだ。

今、刑務所《けいむしょ》を出るときになって、やっと戸川はそれを知った……。

——明るい昼下りだった。

重い扉《とびら》が背後《はいご》で閉《しま》り、戸川は一人で、高い灰色《はいいろ》の塀《へい》の外に立っていた。

どこへ行こうと、何をしようと自由なのだ。——自由。

それは、扱《あつか》い方《かた》の分らない電気製品《せいひん》のように戸川を戸惑《とまど》わせた。

ともかく……どこへ行こう？

そのとき、戸川は少し離《はな》れた所で、学生鞄《かばん》を手に立っている、セーラー服の少女に気付いた。その少女は、はっきりと戸川を見ていた。

そして、歩いて来ると、

「お父さん」

と言った。「お帰り」

「晴子か」

「うん」

と、少女は肯《うなず》いた。「分んない？」

「だって……七つのときだ、最後に見たのは」

「そうだね」

「写真も送ってくれなかったしな、母さんは。——お前、迎《むか》えに来てくれたのか?」

「お母さん、来られないから……。でも、黙《だま》って来たの。学校さぼって」

晴子は、チラッと舌《した》を出した。

そのしぐさは、戸川にとって、まぶしいほど可愛《かわい》かった。

タクシーに乗り、ターミナル駅の駅ビルへ入った。——晴子がよく友だちと入るというレストランに、二人で入った。

値段《ねだん》の高さに、戸川は目をむいたが、何しろ七年ぶりの世間である。

何でもないハンバーグライスが、信じられないほど旨《うま》い。

「——出て来たって実感があるよ、やっと」

と、戸川は笑った。「コーヒーをもらおう。何しろあそこの自動販売機《はんばいき》のやつは、色のついたお湯だ」

「お父さん……」

と、晴子は少し言いにくそうに、「私《わたし》たち、もう……」

「聞いてるさ、もちろん。弁護士《べんごし》の浜口さんから」

と、戸川は肯《うなず》いた。「――母さんとは離婚《りこん》したんだ。誰《だれ》と再婚《さいこん》しようと、自由だよ」

「でも……。ひどいよね」

「ああ」

戸川の声が、わずかに震《ふる》える。「ろくに証拠《しょうこ》もないのに、あいまいな目撃者《もくげきしゃ》と、アリバイがないってことだけで、何日も眠《ねむ》らせずに、供述書《きょうじゅつしょ》にサインさせた、あの刑《けい》事《じ》が憎《にく》いよ。検事《けんじ》、裁判官《さいばんかん》……。ぶっ殺してやりたい」

「分るよ」

戸川は、フッと息をつくと、

「しかし……何をしても、この七年間は戻《もど》らない。何もかも失って……。仕事も家族もな」

「お父さん……。私《わたし》もあのときは辛《つら》かった。父親が変質者《へんしつしゃ》だって言われて。小さかったけど、意味は分るし、お母さんはほとんど家から出なくて……」

「そうだろうな」

「そんなとき、力になってくれたのが、内山さんだったの。――お母さんが働けるようにしてくれて、あれこれ言われないように気をつかってくれたわ。それで……三年くらいして、結婚《けっこん》したの。いい人だわ。やさしいし、私《わたし》にもよくしてくれる」

内山のことは、戸川もよく知っている。元の部下である。三つ若《わか》いから、今、四十二歳《さい》だろう。三十八の幸江とは、ちょうどいいバランスかもしれない。

「子供《こども》が生れたって?」

と、戸川が訊《き》いた。「いくつだ?」

「今、二つ。ミキちゃんっていうの」

「女の子か」

「そう。可愛《かわい》いよ。私《わたし》もよくお守りする」

と、晴子は微笑《ほほえ》んだ。

「お前が赤《あか》ん坊《ぼう》のお守りか」

と、戸川は笑った。「あんなチビだったお前が」

「もう十四よ」

コーヒーが来て、戸川はゆっくりと飲んだ。

「お父さん……」

「分ってる。お前の言いたいことは」

戸川は、淡々《たんたん》とした口調で、「もう、俺《おれ》の帰る場所はない。そう言いたいんだろ?」

晴子は、少しためらっていたが、

「――そうなの」

と、辛《つら》そうに言った。「不公平だと思うし、お父さんにはひどい仕打ちだと思うけど、でも、もう私《わたし》たち、家族としてうまくやっているの。もしお父さんが帰って来たら……」

晴子の目から涙《なみだ》がこぼれた。

「ごめんね、お父さん。ひどいことを言って」

戸川は、じっとコーヒーの表面に浮《う》かぶ白い泡《あわ》を眺《なが》めていた。

「——よく、言いに来てくれた」

と、戸川は言った。「そうしてくれなかったら、ノコノコ押《お》しかけて行っただろうな」

晴子が涙《なみだ》を拭《ぬぐ》った。戸川は首を振《ふ》って、

「心配するな。お前たちの邪魔《じゃま》はしない。約束するよ」

と言った。

「本当?」

「ああ、もちろんだ」

「ありがとう、お父さん」

「他人行儀《ぎょうぎ》だぞ」

と、戸川は笑った。「もう学校へ行ったらどうだ? 遅刻扱《ちこくあつか》いになるかもしれないだろ」

「お父さん……。ときどき会ってね」

「いいのか」

「どこへ住むの？」

「さあ……。友だちの所かな。落ちついたら連絡《れんらく》する」

「うん」

晴子がホッとしているのが、戸川にもよく分った。もちろん、当てなどなかったのだが、娘《むすめ》を安心させてやりたかったのである……。

＊

戸川は、店の名前も変ってしまって、全く昔の面影《おもかげ》のないバーで、ビールをゆっくりと飲んでいた。

昔は結構《けっこう》飲めたのだが、今は子供並《こどもな》みと思わなければならない。――アルコールは慎重《しんちょう》に。出所するとき、しつこく言われた。

奥《おく》の小さなテーブルで、一人、新聞を広げていると――誰《だれ》かが目の前に立った。

「座《すわ》っていいか」

「どうぞ」

と、戸川は言った。

「出られて良かったな」

と、倉田刑事《けいじ》は言った。

「残念だ、と言いたいんじゃありませんか？」

「俺《おれ》も仕事だったんだ。悪く思うな。――おい、水割《みずわ》り」

「何の用です」

と、戸川は新聞を置いて、「七年間、あ、そ、こ、にいりゃ、少々のことには平気になる。しかしね、あんたたち刑事《けいじ》のことは恨《うら》んでますよ。当り前でしょ」

「分ってる」

と、倉田はグラスをゆっくりと取り上げる。「しかし、もともとは、たれ込《こ》みがあったからだ。お前が小さい女の子の写真をとってるとな」

「カメラが好きだった。普通《ふつう》に遊んでる子たちの写真だけですよ」

「ああ。しかし、きっかけとしちゃ充分《じゅうぶん》だった」

「変態扱《へんたいあつか》いされて、女房《にょうぼう》や娘《むすめ》はノイローゼ寸前《すんぜん》。――離婚《りこん》しなかったら、今ごろ地獄《じごく》でしょう」

「それでな」

と、倉田はグラスを空にした。

「まだ何か？」

「この間、お前のことで、団地《だんち》まで奥《おく》さんと話しに行った。夕方、旦那《だんな》が帰って来て、俺《おれ》は初めて内山って男に会った。知ってるんだろう？」

「元の部下です」

「らしいな。俺《おれ》は、問題のたれ込《こ》みの匿名電話《とくめい》を聞いてるんだ。――もちろん昔のことだから、はっきりとは言い切れないが、あの内山って男と話したとき、ふっと思った。あの匿名《とくめい》電話の声とよく似《に》てる、とな」

「何ですって？」

「思《おも》い過《す》ごしかな」

と、倉田は笑って、「じゃ、まあ達者でな」

さっと立ち上ると、自分の分の料金だけ払《はら》ってバーを出て行く。

戸川は、しばし動かなかった。

「——おさげしても？」

空のビールびんが、とぼけた顔で突《つ》っ立《た》っていた。

3

まるで頭の中で雷《かみなり》が鳴《な》り響《ひび》いてでもいるかのようだった。

戸川治夫は、呻《うめ》き声《ごえ》を上げながら、何とか起き上った。——どうしたんだ、一体？

二日酔か……。そうだ。思い出した。

ビールを飲んで、それから水割《みずわ》りを一杯《いっぱい》。それだけでこの始末か。やれやれ……。

しかし——ここはどこだ？

まるで見憶《おぼ》えのない場所だが、同時に何となく懐《なつか》しい気分にさせられる場所だった。

ありふれたアパートの一室。

布団《ふとん》を敷《し》いてあるのは六畳《じょう》間で、大して広くはないが、戸川にとっては、長いこと過《すご》して来た「部屋」と比《くら》べれば、「とんでもない」ほどの広さである。

起き上ったまま、あぐらをかいて座《すわ》っていると、ガラッと襖《ふすま》が開いた。

「あら、起きたんですか」

三十過《す》ぎかと思える女が、エプロンをつけて立っている。「もう午後の一時ですよ」

「はあ……」

戸川は、自分がシャツとズボン下という格好《かっこう》なのに気付いて、赤くなった。

「顔洗《あら》って、食べるもの——大したものはないけど、仕度《したく》してありますから」

「いや、そんな——」

と言ったとたん、戸川のお腹《なか》がグーッと派手《はで》な音をたてたのだった……。

「――じゃ、何も憶《おぼ》えてないんですね」

女は面白《おもしろ》そうに言った。

「申《もう》し訳《わけ》ありません」

戸川は、三杯《ばい》目のお茶漬《ちゃづけ》を流《なが》し込《こ》むように食べて、フーッと息をつくと、そう言った。

「体に悪いわ、そんな食べ方」

「分ってます。しかし、ずっと『体にいい』生活をして来たもんですから、思い切り無茶《むちゃ》をしてみたくて」

正直な気持だった。「あの――僕《ぼく》は……」

「知ってます」

と、女は肯《うなず》いた。「お店の子が、『どこかで見たわ、この人』って言って。――無実の罪《つみ》で七年間も刑務所《けいむしょ》にいたって、あなたでしょ？」

「ええ」

戸川はホッとした。「そのせいでアルコールにもえらく弱くなって……。すみませんでした」

「いいえ」

と、女は笑って、「酔《よ》って暴《あば》れられるよりは――交番へでも渡《わた》しちゃうんですけどね、いつもは。でも、あなたのこと知ったら、そんな気になれなくて」

「ありがとう」

と、戸川は心から言った。「目が覚めて――もし、警官《けいかん》の姿《すがた》が一番に目に入ったら、気が狂《くる》ってたかもしれません」

「そうでしょうね」

女は、戸川が酔《よ》い潰《つぶ》れたバーの雇《やと》われマダムだった。しかし、あまり水商売という雰囲気《ふんいき》のない女だ。

「すっかりご迷惑《めいわく》かけて……。いてて」

と、戸川は胃の辺りを押《おさ》えて、急に呻《うめ》いた。

「ほら。あんなにお茶漬《ちゃづけ》を流《なが》し込《こ》むんですもの。大丈夫《だいじょうぶ》？　横になったら？」

「いや……。いい、いい気分です。こういう痛《いた》みなんて、あそこじゃ絶対《ぜったい》に――。いてて……」

女は呆《あき》れ顔《がお》で戸川をまた布団《ふとん》へ寝《ね》かせた。

「じきにおさまりますから――」

と、戸川は何度も深呼吸《しんこきゅう》した。「やれやれ……。馬鹿《ばか》だな、全く」

「でも、仕方ないでしょ」

と、女は面白《おもしろ》がっている様子だ。

ふっくらとした、丸顔が優《やさ》しい。

「ああ……。少しおさまって来た」

と言って、戸川は、「あの――ここは、お一人で？」

「ええ。たまに、店の子が泊《とま》ることもありますけどね」

「そうですか……」

戸川は少しためらってから、「あの……ゆうべ、何かあなたに失礼なことをしましたか？」

「え？」

女はキョトンとして、それから笑い出した。

「——そんなこと！　そんな真似《まね》ができるくらいなら、少しは憶《おぼ》えてるでしょ」

「そうですね」

戸川は赤面した。ドラマみたいなことが起こるものではないのだ。

「いつ、出てらしたの？」

「昨日です」

「じゃあ……。ゆうべが第一夜ってわけ？　自由になって」

「記念の二日酔ってわけですな」

と言って、戸川は笑った。「いてて……」

「大丈夫《だいじょうぶ》？」

「ええ……。困《こま》ったもんですね、こんなことじゃ。いつまでもお邪魔《じゃま》するわけにも……。

もう失礼します」

と、起き上りかけるのを、

「寝《ね》てていいんですよ。どうせこっちの出勤《しゅっきん》は夕方だし」

と、女は止めた。「お家の方は？」

「離婚《りこん》したので。――もう、女房《にょうぼう》は再婚《さいこん》してますし。行く所もないんです」

「じゃあ……その事件《じけん》のせいで？　ひどい話！」

「誰《だれ》を恨《うら》んでも、始まりませんがね」

と言って――戸川は思い出していた。

ゆうべ会った、あの刑事《けいじ》、倉田が言っていたことを。

戸川が怪《あや》しいという密告《みっこく》の匿名《とくめい》電話の声が、内山に似《に》ていたという……。まさか！

そんな馬鹿《ばか》なことが！

内山はいい部下だった。そんなことをする理由はない。恨《うら》まれるような覚えもないし――。

幸江？　もしや幸江のことを、内山が好きになっていたとしたら？　内山は、何度か家に遊びに来たこともあった。幸江とも気が合ったようだ。もし、あの二人の間に……。

いや、内山が一方的に幸江に恋《こい》したとしても、おかしくはない。たまたま戸川の家の近くで起きた幼女《ようじょ》の暴行事件《ぼうこうじけん》……。

内山は、ふと思い付いたのかもしれない。もし戸川が犯人《はんにん》ということになれば、幸江を手に入れられるかもしれないと……。

「どうかしました？」

女が不思議そうに訊《き》く。戸川は我《われ》に返って、

「いや、どうも。――本当にもう失礼します」

と立ち上りかけた。

「待って」

女が、戸川の腕《うで》をとる。「――もし、その気になれたら……。私《わたし》はいいのよ」

「え？」

戸川は戸惑《とまど》って——女の手が自分のひげのザラつく頰《ほお》を撫《な》でるのを感じた。女の手のやさしさ、柔《やわ》らかさ。

戸川の胸《むね》が震《ふる》えた。女を抱《だ》きしめたい思いに駆《か》られる。しかし——首を振《ふ》って、

「気持だけで……」

と、布団《ふとん》の上に正座《せいざ》していた。「本当に嬉《うれ》しいです」

戸川が頭を下げると、女は微笑《ほほえ》んだ。

「分りました。お引き止めしませんわ。でも、もし行く所にでも困《こま》ったら、いつでも来て下さいね」

戸川は黙《だま》って、もう一度頭を下げた。女の言葉が、身にしみて嬉《うれ》しい。

——ひげを剃《そ》らなきゃな、と戸川は思っていた。

＊

「申《もう》し訳《わけ》ございませんが」

と、受付の女の子は戻《もど》って来て、言った。「内山はただいま手が離《はな》せないとのことで……。お目にかかれないと伝えてほしいとのことでございます」

戸川は、耳を疑《うたが》った。

「しかし――いるんでしょう、会社に」

「はあ。でも大変忙《いそが》しくて、お会いできないと――」

「ちゃんと伝えてくれましたか、こっちの名前を」

「はい。申《もう》し訳《わけ》ございませんが、お引き取り下さい」

戸川の知らない顔だった。もちろんそうだ。戸川がこの会社にいたころ、この受付の子は、まだ女学生だったろう。

戸川は、しばらく身じろぎもせずに立っていた。――まさか、こんな対応《たいおう》を受けるとは思っていなかったのである。

歓迎《かんげい》はされないかもしれないが、しかし内山としては、戸川に合わないなどと言う権利《けんり》はないはずだ。

「——分りました」

と、戸川は言った。「どうも」

「申《もう》し訳《わけ》ございません」

受付の子を困《こま》らせても、仕方のないことだ。

戸川は、七年間の刑務所《けいむしょ》生活の中で、「堪《た》えること」を憶《おぼ》えた。

しかし……。

かつて自分が勤《つと》めたビルを出て、足を止めると、戸川は振《ふ》り返《かえ》った。——まだ戸川のことを知っている人間も多いはずだ。

受付なんか無視《むし》して、オフィスの中へ入って行けば、内山だって戸川と顔を合わせないわけにはいかない。そうしたって構《かま》わないのだ。

戸川が無実だったことは、みんな知っているのだから。

だが——そんなことをして、内山を困《こま》らせるつもりは戸川にはなかった。幸江や晴子まで、巻《ま》き込《こ》むことは避《さ》けたい。

だから、こうして会社へやって来た。そして、ちゃんと受付を通して、内山に、会いたいと伝えてもらったのだ。その返事がこれか……。

――ゆっくりと、怒《いか》りがこみ上げて来る。

どうしてこんな目にあうんだ？　何もしていない俺《おれ》が。どうして？

戸川は、あと三時間もすれば、終業の時間だと知ると、内山が出て来るのを待つことにした。

待つのは慣《な》れている。――七年間も、「自由の日」を待ち続けたのだ。三時間ぐらい、どうということはなかった。

4

〈間違《まちが》えられた男〉か。――俺《おれ》みたいだな。

時間潰《つぶ》しに、通りかかった〈名画座《めいがざ》〉へ入ってみたのだが、何だか変った映画館《えいがかん》だった。どこにも料金を払《はら》う所がない。

ともかく、入って席につくと、すぐに映画《えいが》は始まった……。

しかし——結局、戸川は疲《つか》れ切《き》って、その〈名画座《めいがざ》〉を出て来ることになった。

それはまるで自分自身の物語だった。身に覚えのない逮捕《たいほ》。指紋《しもん》を採《と》られたときのショック。留置場《りゅうちじょう》での恐怖《きょうふ》の夜……。

やはり、

「この人に間違《まちが》いないわ！」

と叫《さけ》ぶ目撃者《もくげきしゃ》も出て来る。

戸川は、涙《なみだ》で目がくもって、画面が見えなくて困《こま》った。——ラストで、本当の犯人《はんにん》が逮捕《たいほ》され、主人公が釈放《しゃくほう》されると、思わず拍手《はくしゅ》しそうになった。

しかし、完全なハッピーエンドではない。ノイローゼで入院してしまった妻《つま》が完治するのは、まだずっと先のことなのである。

ああならなかっただけでも、良かったのだろうか。

――外へ出ると、もう暗くなりかけていた。

内山は仕事を終っただろうか？

戸川は、しばらく立って、考《かんが》え込《こ》んでいたが、やがてゆっくりと歩き出した。けりをつけてやらなくては。――七年間の悪夢《あくむ》に、結末をつけてやるのだ。

＊

凄《すご》いもんだ。

見渡《みわた》す限《かぎ》り、と形容《けいよう》したくなる大きな団地《だんち》である。夜の団地《だんち》は、まるで一つの都会のような、光の海だ。

バスは混雑《こんざつ》している。勤《つと》め帰りのサラリーマンたちは、誰《だれ》もが疲《つか》れ、口もききたくない様子だった。

内山は七年前に比《くら》べると少し太って見えた。もう四十を過《す》ぎているのだから、当然かもしれない。

戸川は、会社からずっと内山の後を尾《つ》けて来たのだ。気付かれてはいないだろう。

内山は何か考《かん》え込《こ》んでいる様子で、一向に周囲には気が回らないようだった。

次の停留所《ていりゅうじょ》を告げるテープが流れると、内山がハッと我《われ》に返る。他の誰《だれ》かが〈降《こう》車《しゃ》〉のボタンを押《お》していた。

内山は、真先に降《お》りた。間に三、四人降《お》りる客があって、戸川は最後にバスを降《お》りた。

それにしても、バス代の高いこと！

内山が歩いて行く後《うし》ろ姿《すがた》が、街灯の光の下に見える。戸川は、一つ息をついて、歩き出した。

一緒《いっしょ》に降《お》りた客も、次々に左右へ散って、内山は一人になった。——そして、小さな公園の中に入って行く。

何だ？　近道なのかな。

戸川は見失うまいと、足を速めた。しかし、公園の入口へ来て、足を止める。

内山の姿《すがた》は、どこにもなかった。——どっちへ行ったんだ？

公園は、中央に広場のような場所があり、そこから放射状《ほうしゃじょう》に道が何本も走っている。内山がどの道を行ったのか、木立ちが多くて、見えないのだ。

ともかく広場の真中へ出て、見回していると——人影《ひとかげ》らしいものが、木立ちの合間に動いた。

誰《だれ》かが隠《かく》れている。——そうか。気が付いていたのか。

「——内山」

と、戸川は声を出した。「俺《おれ》だ。戸川だ。——話がある。出て来てくれ」

返事はなかった。戸川は、ゆっくりと、人影《ひとかげ》の見えた道へと進んで行った。

「内山……。どうして隠《かく》れるんだ。出て来てくれ。お前のことを恨《うら》んじゃいない。そんな理由はない。そうだろ？」

確《たし》か、あの辺の木のかげに……。

「内山。——なあ、聞いてくれ。幸江も幸せらしいし、俺《おれ》は何も邪魔《じゃま》しに来たんじゃないんだ。ただ、昔話でもと思って……。内山。聞いてるんだろ？」

木立ちの間の道を進んで行く。「おい、聞いてたら、返事してくれ」

ガサッと音がして、伸《の》びて来た手が、戸川の腕《うで》をつかんだ。

＊

「——お帰りなさい」

と、幸江は玄関《げんかん》へ出てドアを開け、戸惑《とまど》った。「あら……」

「奥《おく》さん」

と、倉田刑事《けいじ》は言った。「ご主人は？」

「いえ、まだ……。もう帰ると思うんですけど」

と、幸江は言った。「娘《むすめ》も帰っていなくて、てっきり——。あの、何か？」

倉田の不安げな表情《ひょうじょう》が、幸江には気になった。

「いや、どうも……。心配になりまして」

「どういうことですの？」

「戸川は——いや、戸川さんはここへ来ましたか」

「いいえ。戸川が何か——」

「どうも、ご主人の会社へ押《お》しかけたらしいんです」

「まあ」

「何だか……自分を陥《おとしい》れたのが、内山さんだと信《しん》じ込《こ》んでるらしい」

「何ですって？」

「どうも気になりましてね。——ご主人はいつもどの道から？」

「あの……その道です」

幸江は、玄関《げんかん》からサンダルをつっかけて出ると、外廊下《ろうか》の手すりから、下を見下ろした。「——あの公園を通《とお》り抜《ぬ》けて来るんですの。近道なので」

「公園ですか……。人気がないな。気になる。行ってみます」

「あの——私《わたし》も」

幸江はカタカタとサンダルの音をたてながら、エレベーターへと急いだ。

公園の中へ駆《か》け込《こ》むと、

「内山さん！――内山さん！」

と、倉田は呼《よ》んだ。

「あなた！」

と、幸江も大声で叫《さけ》んだ。

「いないようだ……。おや？」

倉田はかがみ込《こ》むと、ハンカチで、何かを拾い上げた。

「何ですの？」

「ナイフです。――血はついていないが。拭《ふ》き取《と》ったのかもしれない」

幸江は息をのんだ。

「じゃ、主人が――」

「お宅《たく》の電話を貸《か》して下さい。応援《おうえん》を呼《よ》びます」

「はい！」

二人が急いで棟《むね》へ戻《もど》り、玄関《げんかん》のドアから入ると、

「——ママ、どこへ行ってたの？」

と、晴子が立っていた。

「晴子！　いつ戻《もど》ったの？」

「今よ。途中《とちゅう》でお客さんに会って」

「お客？」

「——やあ」

と、居間《いま》から、戸川が出て来た。

「まあ、あなた……」

「『あなた』はよせよ。今はもう内山が『あなた』だろ」

と、戸川が笑顔《えがお》で言った。

「え、ええ……」

幸江は上って、台所へと急いで行った。

玄関《げんかん》でポカンと突っ立《た》っているのは、倉田刑事《けいじ》である。

「刑事《けいじ》さん」

と、晴子が進み出て来て、言った。「パパにあなたが話してるの、聞いちゃったの。今のパパにね。『戸川はあんたを恨《うら》んでる。あんたが密告《みっこく》したと信じてますよ。仕返しに来るかもしれない』って……。でも、私《わたし》、いいい、お父さんのことは知ってるもの。そんな人じゃないってこと。心配だから、公園で待ってたの。パパが、お父さんを刺《さ》そうと隠《かく》れてた。私《わたし》が止めなかったら、きっと――」

晴子は、厳《きび》しい目で、倉田を見つめた。

「どうして、こんなことするんですか。お父さんには、パパが密告《みっこく》の電話をかけた、って言ったんですってね。――二人が憎《にく》み合うように仕向けるなんて！ ひどいじゃない！」

倉田は青ざめていたが、やがて肩《かた》をそびやかして、

「刑務所《けいむしょ》に入るような奴《やつ》はね、それなりの理由があるんだ。匂《にお》いがある。必ず、いつかまた何かやらかすんだ」

「お父さんは無実だったのよ」

「証拠《しょうこ》がないだけだ。俺《おれ》の鼻は間違《まちが》いない」

倉田は胸《むね》を張《は》って、「見てることだ。今に、また何かやらかすさ」

「――帰って」

と、晴子は怒《いか》りに燃《も》える目で、倉田をにらんだ。「帰って!」

倉田が出て行くと、晴子は叩《たた》きつけるようにドアを閉《し》め、鍵《かぎ》をかけた。

そして、肩《かた》を震《ふる》わせて泣き出した……。

そっと肩《かた》に置かれる手。――顔を上げると、戸川が穏《おだ》やかな目で、見ていた。

「お父さん……どうして、あんなことができるの? 無実の人を刑務所《けいむしょ》へ入れて、謝《あやま》りもしないで……」

「晴子。――見返してやるさ。父さんは、ちゃんと働いて、この世の中に正義《せいぎ》ってものがあることを、証明《しょうめい》してやる」

「お父さん……私《わたし》、自慢《じまん》してやる、友だちに」

「戸川さん」

と、内山が出て来た。「中で、一杯《いっぱい》やりましょうよ、昔みたいに」

「いや、酒はだめだ。ウーロン茶にしてくれ！」

そう言って、戸川は笑った。

晴子は、戸川と内山の腕《うで》に両方の腕《うで》を絡《から》めて、

「凄《すご》いなあ。すてきなパパが二人もいる！」

明るい笑い声が重なった。そこへ——ワーッと泣き声が響《ひび》いて、

「あ、ミキちゃんのおムツ！」

と、晴子は駆《か》け出《だ》して行った。

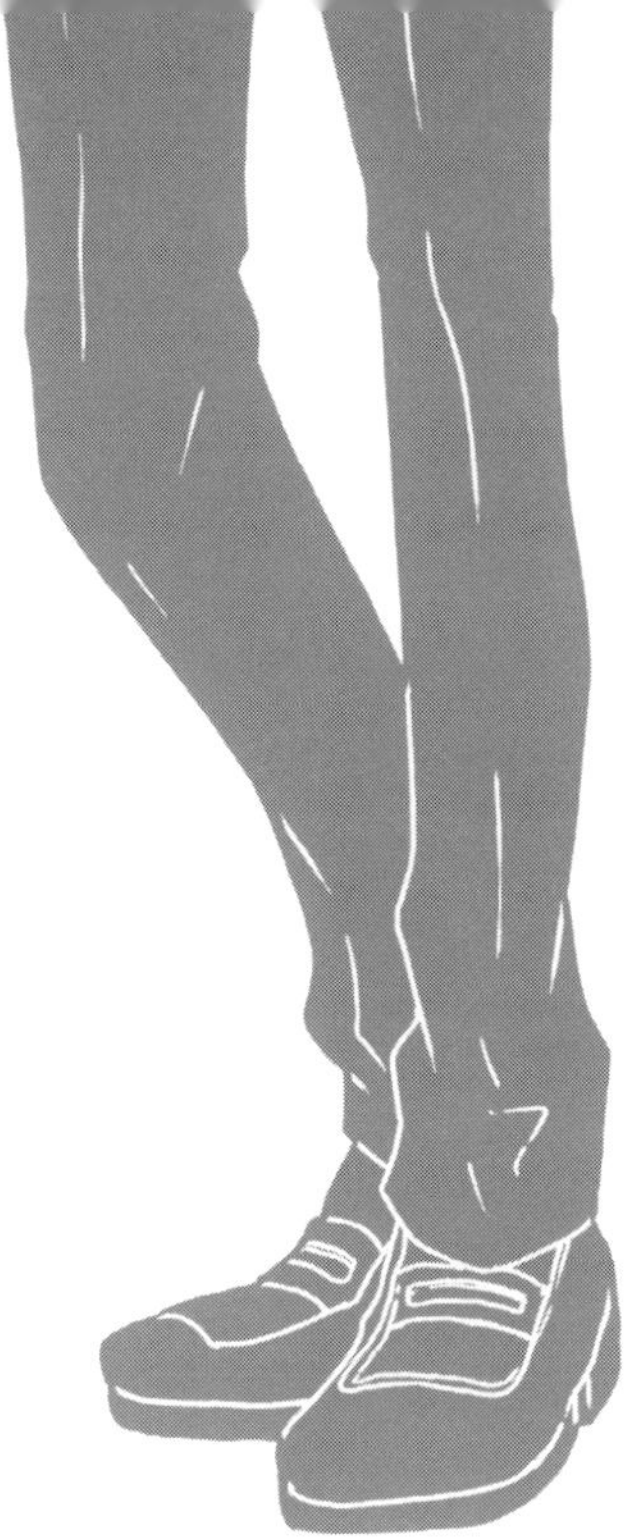

命のダイヤル

河本《かわもと》家の電話が鳴ったのは、夜、七時半だった。ちょうどTVがCMになっていたこともあって、次女の理沙《りさ》が珍《めずら》しく廊下《ろうか》へと走った。理沙は十七歳《さい》。ドライな現代《げんだい》っ子《こ》の一人である。

「はい、河本です」

と放りなげるような口調で言う。両親が聞いていたら、もう少していねいな口調にするのだが、今夜は両親が何年ぶりかで二人きりの温泉旧婚《おんせんきゅうこん》旅行としゃれ込《こ》んでいるから、気楽なものである。

「もしもし」

ハキハキした男性《だんせい》の声が響《ひび》いて来て、「河本美津子《みつこ》さんはいらっしゃいますか?」

「姉ですか? あの——」

「鳥崎《とりさき》といいます」

「ちょっとお待ち下さい」

理沙は受話器を傍《そば》に置くと、廊下《ろうか》を小走りに、奥《おく》の浴室へ向った。

「姉さん」

「なあに？」

曇《くも》りガラスの向うに、肌色《はだいろ》の裸形《らぎょう》がぼんやりと動いて、問い返す声がした。

「電話」

ガラス戸がガラリと開いて、河本美津子が顔を出した。

「誰《だれ》から？」

「男性《だんせい》」

「名前をいわないの？」

「鳥崎」

「まあ、会社の？」

理沙は、そんなこと分るはずないでしょ、と言いたげに肩《かた》をすくめる。ともかく口をきくのも疲《つか》れるから、極力節約しようという主義《しゅぎ》である。

「今行くわ」

「ウン」

理沙は急いでバスタオルで体を拭《ふ》いている姉をジロリと眺《なが》めて、

「姉さん、ちょっと太ったわね」

と言うと、さっさと茶の間へ戻《もど》ってしまった。美津子は諦《あきら》め半分に笑って、裸体《らたい》にバスタオルを巻《ま》きつけると、電話の所へ急いだ。

「――もしもし、お待たせしました」

「やあ、河本君？」

「今晩《こんばん》は、係長」

「係長はよせよ」

と鳥崎の声は笑っていた。「突然《とつぜん》電話したりして、すまないね。びっくりしたろう」

「いいえ、私《わたし》の方こそこんな格好《かっこう》で――」

と言いかけて、美津子は思わず笑ってしまった。

TV電話じゃないのだ。

「今、出たのは妹さん？」

「そうです。何か失礼を申しました？」

「いや、とっても声が似《に》ていたんでね。一瞬《いっしゅん》、君が出たのかと思った」

「ええ、よく似《に》ているらしいんです。——あの、何か仕事のことでしょうか？　私《わたし》、
また何かやりましたか？」

「いやいや、そんなことじゃないんだ。個人的《こじんてき》な用でね」

「どういうご用でしょう？」

ちょっと間が空いた。それから鳥崎の落ち着いた声が聞こえて来た。

「僕《ぼく》は今夜十時半に死ぬ」

はっきり聞こえていたにもかかわらず、美津子はしばし鳥崎の言ったことが理解《りかい》できなかった。「死ぬ」と言ったのだろうか？　死ぬ。そう聞こえたけれど……。

「鳥崎さん。今、何ておっしゃいました？」

「死ぬんだ。自殺するんだよ」

「それは——」

「その通りの意味だよ」

冗談《じょうだん》でしょう、とは言えなかった。鳥崎がそんな冗談《じょうだん》の言える男でないことは、美津子自身がよく知っている。

「死ぬ前に誰《だれ》かの声を聞きたくなってね」

と、鳥崎は続けて言った。「いや、全くだらしのない話だよ。一人で死ぬ決心はついたというのにね。こんなことをいちいち君に言ってるんだから」

「鳥崎さん……。一体どうしたっていうんです？」

「理由は訊《き》かないでくれ」

「でも——」

「そんな話をしたくないんだ。生涯《しょうがい》最後の電話だからね」

美津子は何か言いたかったが、言葉にならない。鳥崎は静かに続けた。

「君にはいろいろと世話になったね」

「そんなこと……」

「いや、僕《ぼく》にも分っていたんだ。君の気持はね」

「鳥崎さん」

「君が僕《ぼく》に……好意を持ってくれていたのは知っていた。本当にありがたいと思っていたよ。時々、休み時間に君と雑談《ざつだん》するのが、僕《ぼく》にとっては一番の楽しみだったし、安らぎだった」

「そんなことおっしゃらないで下さい。やめて下さい、そんなこと！」

「これしか方法がないんだ。頼《たの》むから止めないでくれないか」

「だって……そんな……」

美津子は絶句《ぜっく》した。

「――泣いてるのかい？」

「い、いいえ。泣いてはいません」

「よかった。君の、いつもの明るい声が聞きたかったんだ。好きな音楽のことや、新しく見つけたおいしい料理のことなんかを話してる時の……。今、何をしていたんだい？」

「あ、あの……お風呂《ふろ》に入ってました」

何となく、慌《あわ》ててバスタオルを手で押《おさ》えた。

「そりゃ悪かったね。風邪《かぜ》ひかないかい？」

「大丈夫《だいじょうぶ》です。――もう服を着てますから」

「そうか。一度湯上りの君と酒でも飲みたかったなあ」

「飲めないいんじゃありませんか、二人とも」

「そう。こういう二人は、どうも我《われ》を忘《わす》れることがないから、つまらないね」

と鳥崎は笑った。

「鳥崎さん。奥様《おくさま》のことを考えて下さい。それにお母様もご一緒《いっしょ》なんじゃありませんか。あなたがいなくなったら、お二人ともどうなるんです？　考え直して下さい！」

美津子は必死の思いを込《こ》めて言った。

「君の気持は嬉《うれ》しいよ。――君も、悲しんでくれるかい?」

「そんなことをお訊《き》きになるなんて、ひどいわ!」

「すまない。つい、こっちも湿《しめ》っぽくなってるんだ。これ以上話していると、もっと浪花節《なにわぶし》風になりそうだな。じゃあ、河本君」

「待って下さい!」

「君はきっといい奥《おく》さんになるよ。君の結婚式《けっこんしき》に出られないのが残念だな」

「鳥崎さん!」

「じゃあ、元気で」

「待って下さい! 切らないで!」

「もう十円玉がないんだ」

「十時半まで三時間もあります。お願いです、またかけて下さい! 決して止めませんから。お約束します! もう少し声を聞かせて下さい!」

「もし場所が――」

電話は切れた。

今のは夢《ゆめ》だったのだろうか？　だが、こうして現実《げんじつ》に受話器を持って立っている。夢《ゆめ》ではない。事実なのだ。鳥崎が死ぬ。——今から三時間後に死ぬのだ。

茶の間へ入ると、理沙が、菓子皿《かしざら》に盛《も》ったスナック菓子《がし》をつまみながら、TVのロック番組を大音量でかけて、じっと画面から目を離《はな》さずに見入っていた。

「会社の人だった？」

お義理《ぎり》に、という感じで訊《き》く。そんな妹の声も、TVのガンガン鳴るロックもまるで美津子の耳には入らない。

ちょうどTVがCMになって、姉の方を見た理沙は、美津子がまだバスタオル一枚《いちまい》の裸《はだか》で座《すわ》り込《こ》んでいるので、目を丸くした。

「姉さん！　何やってんの？　風邪《かぜ》ひくわよ！」

美津子が深々と息をついて、頭を垂《た》れた。涙《なみだ》が頬《ほお》へ溢《あふ》れ出《で》た。

「どうしたのよ？」

さすがに理沙も少々心配になった様子である。「さっきの男と何かあったの?」

「あの人が……死ぬのよ」

「えっ?」

「十時半……。十時半に死ぬのよ……」

苦しげに、絞《しぼ》り出《だ》すような声。

「何言ってるの? さっぱり分んないじゃないの。はっきり言ってよ!」

ようやく気を取り直して美津子が事情《じじょう》を話して聞かせると、理沙はふーん、と肯《うなず》いて、

「ともかく、服を着なよ。風邪《かぜ》ひくよ」

と言った。

美津子が服を着て茶の間へ戻《もど》ると、

「どうするの?」

と、理沙が訊《き》いた。

「どう、って……」

「放っとくの？」

「助けたいわ、そりゃあ。――たとえ、鳥崎さんが死にたいと思っていても……生きていてほしいわ」

「じゃ、何とかしたら？」

「でも、どうするの？　鳥崎さんがどこにいるかも分らないのよ」

「電話するぐらいのこと、できるでしょ。その人の自宅《じたく》、友達の家。そうすれば、今どこにいるかも分るかもしれないじゃないの」

「そりゃそうだけど……。だめだわ、あの人の自宅《じたく》の電話、知らないわ、私《わたし》」

「電話帳ってものがあるのよ」

「でも確《たし》か家は都下なのよ、鳥崎さんは……」

「そうか……」

理沙はちょっと時計を見て、「七時五十分か……。姉さん、よく遅《おそ》い時は八時過《す》ぎまで残業して来るじゃないの。今日も誰《だれ》か一人ぐらい残っててんじゃない？」

「そうね。何か会議があったはずだわ。——誰《だれ》かいれば、社員名簿《めいぼ》で電話が分るわね！」

「そうよ」

「かけてみるわ」

美津子が立つより早く、理沙が飛んで行ったと思うと、電話をかかえて、コードを引《ひ》っ張《ぱ》りながら戻《もど》って来た。

「沢山《たくさん》かけるのに立ちっ放しじゃ疲《つか》れるからね」

美津子は思わず笑った。希望が——鳥崎を救えるかもしれないという希望が湧《わ》いて来るのを、初めて感じた。

会社へかけると、すぐに同じ課の同僚《どうりょう》が出て、鳥崎の自宅《じたく》の住所と電話番号は分った。

「次は自宅《じたく》ね」

美津子はメモした番号のダイヤルを回した。——呼出《よびだし》音は何度も鳴るのに、誰《だれ》も出なかった。

「誰《だれ》も出ないわ」

「変ね、一人じゃないんでしょ?」

「奥《おく》さんと、お母さんも一緒《いっしょ》のはずよ。どうしてお母さんまで出ないのかしら……」

「まさか母子心中じゃないんでしょうね」

「変なこと言わないでよ!」

と、美津子は顔をしかめた。「でも、こうなると……困《こま》ったわね」

「友だちは?」

「島崎さんは、会社の中であまり友人といえるような人がなかったのよね。いつかそう言ってたわ」

「じゃ学生時代の友だちは?」

「学生時代の?——ええ、よく話に出る人がいたわ。変った名前だから憶《おぼ》えてるの。目尻《めじり》さん、っていうのよ」

「嘘《うそ》みたい!」

と理沙は吹《ふ》き出《だ》した。

「本当よ！　ただ……その人も郊外《こうがい》の家だって聞いたことがあるわ。電話帳じゃ分らないでしょう」

「そうねえ。でも何か手はあるわよ」

理沙は考《かんが》え込《こ》んでいたが、「ねえ、その人とは大学で一緒《いっしょ》だったの？」

「そう。以前からよく知ってはいたらしいんだけど、T大学で同期だったそうよ」

「T大か、名門ね。──同窓会名簿《どうそうかいめいぼ》、って手があるわ」

「でも誰《だれ》が持ってる？」

「ウーン、知ってる人でT大って……いないなあ」

「私《わたし》も思い当らないわ」

「じゃ大学の事務室《じむしつ》へ──」

「開いてないわよ、もう」

「そうでしょうね」

二人はしばらく考《かんが》え込《こ》んでいたが、

「ともかくかけてみるのよ」

と理沙が言った。「九十九パーセントだめでも、一パーセントの可能性《かのうせい》があるわ」

「そうね、運が良ければ……」

と受話器を上げかけて、「だめよ、T大の電話を知らないわ」

「待ってて！」

理沙は自分の部屋へ飛んで行って、受験雑誌《ざっし》の付録を持って来た。「――ここに出てるわ。何でも取っとくものね」

「誰《だれ》か出てくれますように……」

祈《いの》るように言いながら、ダイヤルを回す。しばらくして呼出音《よびだし》が鳴った。一度、二度、三度……。もうだめか、と思った時、

「はい、T大学です」

と、男の声が出た。思わず美津子は、

「よかった！」

と言った。「――あの、そちらの卒業生の方の電話番号をお訊《き》きしたいんですが」

「今日ちょっと忙《いそが》しいんですよ」

相手が露骨《ろこつ》にうんざりした声を出した。「明日、業者のテストに会場を貸《か》してるもんですからね。その準備《じゅんび》で大変なんですよ。もうこんな時間だし……」

ではそのせいで、こんなに遅《おそ》くまで残っているのだ。せっかくの幸運を逃《のが》すわけにはいかない！

「お願いです。人命にかかわることなんです。ぜひ調べてほしいんです！」

相手はしばらく迷《まよ》っている様子だったが、やがて諦《あきら》めたように、

「分りました。何期の何という方ですか？」

と訊《き》いて来た。

美津子と理沙は顔を見合わせ、肯《うなず》き合った。もう美津子の目に涙《なみだ》はなかった。助けてみせるという気迫《きはく》が目に輝《かがや》きを添《そ》えている……。

河本美津子は二十二歳《さい》のＯＬである。短大を出て今のＭ商事へ勤《つと》めて二年になる。すらりと背《せ》が高く、お嬢《じょう》さんっぽい感じの残る、なかなかの美人だ。しかし、不思議なもので美人というのは割合《わりあい》に男性《だんせい》が近づかない。

特に美津子の場合、なぜとはなしに、年寄《としよ》りに可愛《かわい》がられる、というところがあって、却《かえ》って若《わか》い社員が敬遠《けいえん》する一因《いちいん》にもなっていた。

彼女《かのじょ》自身は別に男嫌《ぎら》いでも何でもない。学生時代にボーイフレンドの一人や二人、いなかったわけでもないのだが、何しろ妹の理沙がまだ高校生で、その割《わり》にもう父親は平凡《へいぼん》な平サラリーマンのまま定年まであと三年と来ているので、まだまだ結婚《けっこん》など考えるような気分ではなかったのである。

鳥崎裕一《ゆういち》は美津子の直接《ちょくせつ》の上司に当る。係長。三十四歳《さい》。真面目で誠実《せいじつ》そうな人柄《ひとがら》と、どことなく孤独《こどく》なかげりの見える表情《ひょうじょう》に美津子が魅《ひ》かれたのは事実である。むろん彼《かれ》に妻《つま》がいるのは美津子も承知《しょうち》していたし、二人の間は、たまの昼休みによもやま話をするくらいにとどまっていた。

それでも、美津子は幸福だった。ともかく、仕事中は、彼《かれ》のそばにいられるのだから。

――そして今、その島崎が死のうとしている。なぜ、どこで、どうやって死ぬつもりなのか、何も分らないのだが……。

目尻は外での夕食を終えて、一人暮《ぐら》しのアパートへ戻《もど》って来た。入った会社は名古《なご》屋《や》が本社で、名古屋勤務《きんむ》の内に結婚《けっこん》、子供《こども》ももう小学校へ通い始めたのだが、とたんに一年間の東京支社勤務《とうきょうししゃきんむ》を命じられ、一年間なら、と単身東京へやって来たのである。

やれやれ今日もTVと新聞を相手の一人酒か、と部屋へ上ってため息をつく。そこへ電話が鳴った。

「はい目尻。――やあ、倉田《くらた》か！」

思わず声が高くなる。「何年ぶりかなあ！――うん、そうなんだ。寂《さび》しいもんさ。奥《おく》さん、元気か？――いや、俺《おれ》はヒマだぜ。ヒマすぎるくらいだ。――いいとも、出て行くよ。――よし、分った。三十分もあれば行く」

電話を切ると、急に鼻歌混《ま》じりになった目尻は、服を着替《きが》えて、財布《さいふ》の中身を確《たし》かめ、

「よし」

と呟《つぶや》いて、足取りも軽く部屋を出た。

鍵《かぎ》をかけ、二、三歩行きかけた時、部屋の中から、電話の鳴るのが聞こえて来た。

「何だ？」

足を止め、すぐ鳴りやむだろうと待っていたが、電話はいつまでも鳴り続けている。

「——畜生《ちくしょう》！」

どうか仕事の話などという野暮《やぼ》な電話でありませんように、と祈《いの》りながら、目尻は部屋の鍵《かぎ》を開けた。

「はい、目尻ですが……」

「あ、目尻さんですね」

聞き憶《おぼ》えのない女の声だ。

「そうです。どなたですか？」

「私《わたし》、河本と申します。突然《とつぜん》で失礼ですが、T大学時代に、鳥崎裕一という方をご存《ぞん》知《じ》でしたでしょうか?」

「ええ、よく知っています。彼《かれ》が何か?」

「実は……」

河本と名乗った女性《じょせい》の話に耳を傾《かたむ》けている内、目尻の、受話器をつかむ手に汗《あせ》がにじんで来た。目尻もすでにサラリーマン十年選手である。信頼《しんらい》のおける話かどうか大体分るようになっている。河本という女性《じょせい》の話し方は正確《せいかく》でむだがなく、それでいて、何とか鳥崎を助けたいという気持が溢《あふ》れていた。

「——よく分りました」

目尻は腕時計《うでどけい》を見た。「今、八時十五分ですね。あと二時間十五分ある。僕《ぼく》の方もできるだけの手を打ちましょう」

「鳥崎さんがどこにいらっしゃるか、お心当りはありませんか?」

「さて……」

目尻は考《かんが》え込《こ》んだ。「十時半といったんですね?」

「ええ」

「そうはっきり時間を指定するというのは妙《みょう》ですね。——十時半。この時間に何か意味があるのか……」

目尻はしばらく考《かんが》えていたが、「ともかく一度彼《かれ》の家へ行ってみます。昔から何度も行ってますから、母親もよく知っていますしね」

「お願いします!」

「ええと、河本さん、でしたね?」

「はい」

「失礼ですが、鳥崎とはどういう……」

「鳥崎さんの下で働いております」

「なるほど」

と答えたが、それだけではない、と思った。

少なくとも、この女性《じょせい》の方は鳥崎に心を寄《よ》せているらしい。

「では、また彼《かれ》から電話があったら、できるだけ色々話をして、どこにいるのか、手掛《てが》かりでもつかむよう、やってみて下さい」

「はい。できるだけは……」

「お願いしますよ」

「あの——突然妙《とつぜんみょう》なことを申し上げましたのに、信じていただいてありがとうございました」

なかなか良さそうな娘《むすめ》だ、と目尻は思った。美人に違《ちが》いない——とは、何の根拠《こんきょ》もない推定《すいてい》だが。

目尻はまた後で連絡《れんらく》すると約束して電話を一旦《いったん》切ると、今度は倉田の家へかける。

「もしもし。——ああ、俺《おれ》だ。——いや、ちょっと急用でね。そうじゃない。お前も憶《おぼ》えてるだろう。大学の時一緒《いっしょ》だった鳥崎。——そうそう。その鳥崎のことでな、至《し》急《きゅう》奴《やつ》の家へ行かなくちゃならない。お前、車持ってたな？——じゃすぐに出て、途《と》中《ちゅう》で俺《おれ》を拾ってくれ。事情《じじょう》はその時に説明する。——そうだ、大至急《だいしきゅう》だぞ！」

と、まるでタクシーでも呼《よ》びつけるように言った。


「きっと大丈夫《だいじょうぶ》よ」

と、理沙が言った。「その友だちが巧《うま》く見付けてくれるわ」

「だといいけど……」

緊張《きんちょう》の何十分かが過《す》ぎて、美津子はホッと気抜《きぬ》けしたようだった。目の前の電話を見つめながら、もう一度かけて来てくれるだろうか、と考えていると、

「姉さん」

と理沙がコーヒーを目の前に置いた。「お疲《つか》れさん！」

美津子は妹を見上げ、

「あんたのおかげだわ。ありがとう」

と言って、コーヒーカップを取り上げた。

鳥崎さんはコーヒーの味にうるさかったわ……。あの店——何といったろう？　確《たし》か六本木《ろっぽんぎ》の方の……。二人で外の喫茶店《きっさてん》に入ったのは、あの時、一度きりだった。

「ここのコーヒーは気に入ってるんだ」

と、鳥崎は言った。「他はみんな味が落ちたよ」

「そうですか」

「君はコーヒーはどうなの？」

「おいしいとか、まずいとかがよく分りませんわ。何しろ家では妹がインスタントを何杯《なんばい》もよく飲んでます」

「そうか。今の若《わか》い子には、ああいう味の方がいいのかもしれない」

「鳥崎さんは、ご自分でお淹《い》れになるんでしょう？」

「いや、残念ながら」

と、鳥崎は首を振《ふ》った。「道具は持ってるんだがね」

「じゃ、忙《いそが》しすぎて……」

「そうじゃないんだ。女房《にょうぼう》がコーヒー嫌《ぎら》いでね」

「まあ」

「それも、飲まない、というだけじゃない。匂《にお》いもいやだ、というんでね。我《わ》が家《や》にはコーヒーに類したものは一切存在《いっさいそんざい》しないんだよ」

「そうですか。それで外ではコーヒーを……」

「せめて外ではいいのを飲みたいからねえ」

と、鳥崎はちょっと寂《さび》しそうに言った。

美津子は、彼《かれ》があまり幸福ではないのだな、と感じたのを憶《おぼ》えている。

あの晩《ばん》は確《たし》か、たまたま二人で同じ会社へ出向いて、帰り道が一緒《いっしょ》になったのだった。こんな時でなければ、二人きりでお茶を飲むという機会は来なかっただろう。

――ということは、もうそんな機会は、たぶん二度と来るまい、ということでもあった。

二人きりになれば、もっと色々話したいこと、言ってしまいたいことがあったのに、美津子は何も言えなかった。ただ、昼休みにしゃべっているのと同じ雑談《ざつだん》だけで終ってしまったのだ。

もしあの時に、思い切って自分の気持を打ち明けていたら、どうなっただろう？

美津子は時々そう考えてみる。でも、結局何も変らないだろう。鳥崎はさり気なくはぐらかして、同じように別れたに違《ちが》いない。

「今の喫茶店《きっさてん》は閉《し》めるのが早いね。ここだってそうさ。何しろ十時半だからね、全く！」

と愚痴《ぐち》りながら。

美津子はハッとした。十時半！　もしかして……。あれほどコーヒーの好きだった人だ。死ぬ前にあそこで時を過《す》ごすと考えても不思議ではない。

しかし、店の名を憶《おぼ》えていない。行ってみれば分るだろうが、その間に鳥崎から電話があるかもしれない。何とか店の名前を思い出せればいいのだが……。

美津子は頭をかかえた。

目尻と倉田が鳥崎家へ着いたのは、もう九時に近かった。

「早くしないと一時間半しかない」

「本当なのかい、その話?」

と、倉田が言った。

ずんぐりして小太りの男で、大学時代にアメリカン・フットボールをやっていただけあって逞《たくま》しい。

「俺《おれ》は信じた。さ、行こう」

車を降《お》りて、玄関《げんかん》に立つと、チャイムを鳴らした。ややあって、インタホンから、

「どなたですか?」

と女性の声がした。

「目尻です」

と答えてから、「お袋《ふくろ》さん、いたんだな」

「どうして電話に出なかったんだろう?」

「さあな」

少し待っていると、玄関《げんかん》のチェーンと鍵《かぎ》がカチャカチャと音を立て、ドアが開かれた。

「まあまあ、目尻さん、お久《ひさ》しぶりですこと！」

出て来た母親鳥崎左和子《さわこ》の姿《すがた》を見て、目尻は、ずいぶん老《ふ》けた、と思った。もう何年も会っていないのだから当然かもしれないが。

「どうも突然《とつぜん》お邪魔《じゃま》して……」

「いいえ、構《かま》いませんのよ。どうぞお上りになって。あ、こちらは……倉田さんね？　少し太られたかしら？　さあ、どうぞ」

二人は顔を見合わせ、それから靴を脱いだ。

「えらく愛想《あいそ》がいいじゃないか」

と、倉田が言った。「息子《むすこ》が死にかけているようには思えないぜ」

「そうかな？　しかし何だかわざとらしいような気がするな。心配ごとをかかえているから、却《かえ》って愛想《あいそ》がよくなるんだ」

「そんなもんかね」

目尻は居間《いま》へ入って、

「やあ、懐《なつか》しいな。少しも変りませんね」

「そうですね。ここはほとんど手をつけていませんから……。どうぞおかけになって下さい」

「はあ、どうも」

ソファへ座《すわ》った目尻の正面に、ずっと昔からこの部屋に置いてある大きなホールクロックがあった。昔風の柱時計をぐっと大きくして床《ゆか》へ置くようにした型式で、高さが一メートル半を越《こ》す大きなマホガニー製《せい》の、彫刻《ちょうこく》を施《ほどこ》した豪華《ごうか》な時計である。その針《はり》は、今九時三分を指していた。

「せっかくおいでいただいて申《もう》し訳《わけ》ないんですけど……」

と鳥崎左和子が言った。「裕一は嫁《よめ》と二人で出かけておりまして。今夜は戻《もど》らないんですよ」

「時間がありませんから、遠回しには言いません。――彼《かれ》は自殺しようとしてる。そうですね？」

左和子の顔色が変った。

「それをお母さんもご存知《ぞんじ》なんですね。いや、たまたま彼《かれ》が電話を一本かけたので、それから僕《ぼく》の耳に入ったわけです。何があったのかどんな事情《じじょう》なのか、僕《ぼく》は知りません。しかし、ともかく彼《かれ》を死なせたくない。お母さんだってそうでしょう。——彼《かれ》がどこにいるか、心当りはありませんか？」

左和子は青ざめた顔を固くこわばらせて、目をそらした。

「彼《かれ》は十時半に死ぬ、と言ったそうです。もう一時間半もないくらいだ。早く探《さが》し出《だ》さないと手遅《ており》れになります！」

「いいんです」

左和子は言った。

「何ですって？」

「それでいいんです。——あの子のしたいようにさせてやって下さい」

「お母さん、一体何があったんですか？　そんな……息子《むすこ》が自殺しようとしているのに――」

「それが一番いい方法なんです」

目尻はじっと左和子の厳《きび》しい顔を見据《みす》えた……。

「マッチだわ！」

と、美津子は叫《さけ》んだ。

「何よ、急に大声出して」

理沙が目を丸くする。「マッチがどうしたの？」

「マッチよ！　喫茶店《きっさてん》のマッチ！　彼《かれ》が帰りぎわに一つ取ってくれたんだわ」

美津子は洋服ダンスへかけつけると、中からハンドバッグを出して片《かた》っぱしから中を調べて行った。――が、それらしいマッチは見当らない。

使ってしまったのだろうか？　いや、今ではほとんどマッチというものは使わなくなっているはずだ。ひょっとすると、台所に残っているかも……。

台所へ駆《か》け戻《もど》り、マッチの放《ほう》り込《こ》んである引出しを開けてみる。寿司屋《すしや》、ソバ屋、ケーキ屋……。喫茶店《きっさてん》のマッチもあったが、それはこの近所の店のものだった。

美津子は唇《くちびる》をかんだ。――思い出の品を大切に大切に、としまい込《こ》んでおくという事を美津子はあまりしないのである。そういう点はちょっと女の子らしくない。今度ばかりはそれを後悔《こうかい》した。

「マッチって、この中にある？」

と、理沙が五、六個《こ》のマッチを持って来た。いきなりそれが目に飛《と》び込《こ》んで来る。

「これよ！」

と引ったくるように取った。「あんたが持ってたのね！」

と、つい怒《おこ》るような口調になる。理沙がプッとふくれて、

「何よ、自分で、いらないからってくれたんじゃないの」

「ごめんなさい」

美津子は慌《あわ》てて言った。「つい嬉《うれ》しくって……。あんた、本当に救いの神だわ!」

「その店にいるの?」

「分らないけど、あの人の一番気に入ってた店なのよ」

「ふーん。それじゃ一度くらいは寄《よ》るでしょうね、きっと」

「電話してみるわ」

と行きかけるのを、

「だめよ!」

と、理沙が止めた。

「どうして?」

「少しは頭を使いなさいよ。今電話して、その人がいたら、逃《に》げちゃうに決ってるじゃないの」

「そうか……」

「行ってみなくちゃだめよ」

「そうね。でも……電話がかかって来るかもしれないし」

「さっきの目鼻さんに相談してみたら？」

「そうするわ。――あんた、目尻さんよ」

「あ、そうか」

「鳥崎さんのお宅《たく》に行ってるかしら……」

美津子は鳥崎家の番号をダイヤルした。

「――あ、もしもし、鳥崎さんでいらっしゃいますか」

「さようでございます」

彼《かれ》のお母さんなんだわ、と思うと、なぜか身が固くなって、

「そちらに目尻さんがおいででは……」

「お待ち下さい」

ややあって、

「目尻です」

と、聞き憶《おぼ》えのある声がした。

「河本です。そちら何か分りまして？」

「いや、だめです。お母さんが頑《がん》として口をつぐんでるんで」

「まあ！」

「何とか説得しているんですがね」

「そうですか」

「彼《かれ》から電話でも？」

「いえ、そうじゃないんですが……」

美津子の話を聞くと、

「なるほど。それは考えられますね。分りました。こっちに倉田って奴《やつ》が一緒《いっしょ》にいるんです。そいつに行かせますよ」

「お願いします。どうぞよろしく」

美津子は受話器を置いて時計を見た。――九時二十分だった。

また電話が鳴った。

「はい、河本です」

ためらうような沈黙《ちんもく》が聞こえて来る。「鳥崎さんですね?」

「――うん。何度も、すまないね」

「いえ、そんなこと……」

不意に息苦しいほど胸《むね》が詰《つ》まった。「あの――今、何をしていらっしゃるんですか?」

「最後のコーヒーをね」

美津子はハッとした。かすかに、鳥崎の声の背後《はいご》から音楽が流れている。チェンバロの曲だ。あの店は、よくバロックを流していた……。

「ミルクをたっぷり、シュガーはスプーン半分ですか?」

「やあ、よく憶《おぼ》えてるね」

と鳥崎は笑った。

「だって、私《わたし》と同じなんですもの」

「そうか。いや、今は太るのを心配しなくてもいいんでね、砂糖《さとう》もたっぷり入れてるんだ」

「じゃ本当は甘《あま》いのがお好きだったんですか?」

「そう。つまりは通じゃない、ってわけだ」

「私《わたし》も本当は甘《あま》い方が好きなんです。でも太るから……」

「そいつはいいや」

鳥崎は愉快《ゆかい》そうに笑った。——倉田という人が早くそこへ着いてくれないだろうか? 今、間違《まちが》いなく彼《かれ》はあの店にいるのに。

「どうして……十時半なんですか?」

美津子は訊《き》いた。

「うん、ちょっとね。わけがあるんだ」

鳥崎はそれ以上説明しなかった。「君とゆっくり音楽談議でもしたかったね」

「今からだって――」

「それはだめだ。――そう言えば、多分、いつか君、シューベルトの歌曲全集を買うとかいってたね」

「ええ」

「僕《ぼく》のをあげるよ。女房《にょうぼう》も母も、あんなものは聞かないし」

「そんなわけにはいきませんわ」

早く、早く着いて！　美津子は心の中で叫《さけ》んでいた。

「九時半です。――一時間しかありませんよ、お母さん」

目尻はじっと鳥崎左和子を見つめて、言った。「彼《かれ》はまだこれからじゃありませんか。たとえ何があったにせよ、死ぬことはない。そうじゃありませんか？」

だが、左和子は目を伏《ふ》せたまま、固い表情《ひょうじょう》を崩《くず》さず、無言を続けている。目尻はため息をついた。

玄関《げんかん》のチャイムが鳴った。左和子は一瞬《いっしゅん》、ハッとした様に目を見開いたが、すぐに平静な表情《ひょうじょう》を取《と》り戻《もど》し、立って玄関《げんかん》の方へ行った。目尻はしばらく、ホームクロックの文字盤《もじばん》を見つめていた……。

玄関《げんかん》の方で女の声がした。何となく聞き憶《おぼ》えのある声だ。目尻は玄関《げんかん》の方へ出てみた。

「――やあ、奥《おく》さん」

と、目尻は言った。

「あら……」

「目尻ですよ」

「あ、そうでしたわね」

鳥崎和代《かずよ》は落ち着かない様子で頭を下げると、「主人はおりませんかしら」

目尻は左和子を見た。左和子は無表情《むひょうじょう》に突《つ》っ立《た》っている。

「ええ、今はいません。しかし一体どうしたんです。奥《おく》さん？　ここはあなたの家じゃありませんか」

和代は目を伏《ふ》せがちに、

「私《わたし》……ここを出てしまったんですの」

と言った。

「そうですか」

目尻は、鳥崎の自殺もこの辺に原因《げんいん》があるのかもしれない、と思った。「ともかく上って下さい。今、大変なことになっているんですから」

「大変な、って……。主人に何か？」

「自殺しようとしてるんですよ」

和代がさっと青ざめてよろけた。目尻は急いで彼女《かのじょ》の肩《かた》をつかまえた。

「大丈夫《だいじょうぶ》ですか？――さ、居間《いま》のソファへ」

「すみません」

目尻は和代を居間《いま》へ連れて行くとソファに座《すわ》らせた。

「彼《かれ》は今、自殺すると言って、どこにいるのか分らないんです。ともかく僕《ぼく》は何とかして彼《かれ》を助けたい。でもお母さんは何も言って下さらないんです。——奥《おく》さん、なぜ、彼《かれ》は自殺しようとしているんですか？」

和代はチラリと左和子の方を見た。そして一つ息をついた。

「それは……」


「ああ、もう行かなくちゃ」

と、鳥崎は言った。

「待って下さい！　もう少し——」

「これ以上話すと未練が出て来るからね」

「でも、まだ時間はありますよ」

「もう死に場所へ行かなくちゃならないんだ」

「鳥崎さん」

「じゃあ、元気で」

「待って下さい！　待って——」

電話は切れた。美津子はしばらく受話器を持ったまま座《すわ》り込《こ》んでいた。急に全身から力が抜《ぬ》けて行くような気がした。

彼《かれ》は死ぬ。もう誰《だれ》も止めることはできない……。

「姉さん、どうしたの？」

理沙が顔を出した。

「結局だめだわ……。何ともならないのよ」

「警察《けいさつ》へ頼《たの》むっていっても、どこで死ぬ気か分らなくちゃねえ……」

「後は目尻さんの方だけだわ」

美津子は立ち上った。

「どうしたの？」

「行ってくるわ、鳥崎さんのお宅《たく》へ」

「でも、行ってどうするの？」

「お母さんが何か知ってるらしいのよ。でもそれを隠《かく》して言わないの。言わせてみせるわ！」

「おっかないのねえ」

理沙は目を丸くした。

「息子《むすこ》の死ぬのを黙《だま》って見てるなんて、親じゃないわ！　私《わたし》、行って来る。——車で行けば十時半に間に合うわ、きっと」

「それじゃ、ほら、住所のメモ」

「ありがとう。何か電話があったら聞いておいてね！」

「ＯＫ」

美津子は家を飛び出すと、大通りまで夜道を走って、タクシーを停《と》めた。

「ここへお願いします」

とメモを見せる。「どれくらいかかるかしら？」

「そうですねえ」

運転手はちょっと首をかしげて、「向うで迷《まよ》わなきゃ四十分くらいかな」

車は夜の道を走り出した。――美津子は、ふっと思った。鳥崎は、死に場所へ行かなくてはならない、と言って電話を切った。

あの店から、真直《まっす》ぐにその場所へ向ったのだとしたら、かなり時間がかかることになる。それはちょうど……彼《かれ》の家ぐらいまでの時間だ。これは偶然《ぐうぜん》だろうか？　それとも、彼《かれ》は自分の家の近くで死ぬつもりなのかもしれない……。

お願い、早く着いて！――窓外《そうがい》を流れ去る夜を見つめながら、美津子は固く手を握《にぎ》りしめていた。


「彼《かれ》が会社の金を使《つか》い込《こ》んだ、ですって？」

目尻は思わず訊《き》き返した。

「はい」

と、和代が肯《うなず》く。

「そんな馬鹿《ばか》な！」

と、思わず声を上げ、「いや、失礼。しかし……鳥崎はどう間違《まちが》ったって、そんなことをする奴《やつ》じゃないですよ」

「私《わたし》も初めは信じられませんでした」

「彼《かれ》が自分でそう言ったんですね？」

「はい」

目尻は悪い夢《ゆめ》でもみているような気がした。

もちろん鳥崎だって人間である。罪《つみ》を犯《おか》すことがないとはいえない。しかし、人間、性格《せいかく》というものは変えられないものである。何か犯罪《はんざい》を犯《おか》すとしても、鳥崎ならば、たとえば誰《だれ》かを守るために人を殺すことはあるかもしれないが、計画的に人の信頼《しんらい》を裏切《うらぎ》るような——それこそ横領《おうりょう》のような罪《つみ》を犯《おか》すとはとても考えられない。

「それで奥《おく》さんは家を出たんですね？」

「はい。主人がそうしろと言いますので」

「彼《かれ》が？」

「捕《つか》まった時に一緒《いっしょ》にいては、辛《つら》い思いをするだけだから、と言って」

「で、実家へ？」

「はい。今日、速達でこれが届《とど》きました」

和代がハンドバッグから取り出したのは、〈離婚届《りこんとどけ》〉だった。もう鳥崎裕一の署名《しょめい》と印が押《お》してある。

「私《わたし》はあの人の妻《つま》です。あの人が刑務所《けいむしょ》へ入ることになったとしても、だからといって自分だけがそこから逃《に》げようとは思いません」

「それで戻《もど》っていらしたんですね」

「はい」

「彼《かれ》は会社の金を使《つか》い込《こ》んだと言ったんですね」

「ええ」

「その金を何に使ったか、言いましたか？」

和代は首を振《ふ》った。

「いいえ。それが私《わたし》にも不思議なんです。女に使ったとか、賭《か》けごとに使ったとか、はっきりしていればともかく、主人は何も言ってくれないのです」

「奥《おく》さんが訊《き》いても言わないのですね？」

「はい」

目尻は肯《うなず》いた。——電話が鳴った。目尻が素早《すばや》く立って行って受話器を上げた。

「はい。——俺《おれ》だ。どうした？——そうか。仕方ないな。こっちへ戻《もど》れ。——分った」

目尻は受話器を置いた。

「彼《かれ》のよく行く喫茶店《きっさてん》へ見に行かせたんですがね」

「いなかったんですの？」

「来ていたそうです。しかし間に合わなくて、ほんの五、六分の差で出てしまったらしいですよ」

「そうですか……」

「もう十時を過《す》ぎましたね。——奥《おく》さん、彼《かれ》は十時半に死ぬと言っているんです。その時間に心当りはありませんか?」

「十時半ですか。さあ……」

和代は首をかしげた。「お母さんは……」

「何もおっしゃらないんですよ」

目尻は左和子の方を見た。「お母さん。彼《かれ》の罪《つみ》が事実だとしても、大した刑《けい》にはなりませんよ。まだまだやり直せます。——何も死ぬことはない。そうじゃありませんか?」

左和子は相変らず黙《だま》り続けていた。

「お母さん」

和代が懇願《こんがん》するように言った。「何かご存知《ぞんじ》ならおっしゃって下さい。あの人を死なせてはいけませんわ」

「私《わたし》は何も知りませんよ」

左和子は突《つ》き放《はな》すように言った。——重苦しい沈黙《ちんもく》が部屋を支配《しはい》した。

「あと十五分だ」

と目尻が言った。


理沙はいつもの連続ドラマを見ていた。えらくもったいぶったエリートビジネスマンと、一体いつ掃除《そうじ》や洗濯《せんたく》をしているのか分らない、やたら外出ばかりしている平凡《へいぼん》な人妻《ひとづま》が、たまたま東京のど真中で(!)出会って、互《たが》いに心魅《ひ》かれていくシーンだった。

「アホらしい……」

そう思ってTVを消すのが美津子の世代。そう思っても消さずに見ているのが理沙の世代である。

「これ、ずいぶん早いなあ……」

理沙は呟《つぶや》いた。シーンが変ると、もうエリートと人妻《ひとづま》がベッドの中にいたのである。

これが平凡《へいぼん》な人妻《ひとづま》だったら、世の中、大変だ。

電話が鳴った。

「姉さん、電話よ」

と、反射的《はんしゃてき》に言ってから、「あ、いけね。いないんだっけ」

と、頭を叩《たた》くと、仕方なく立ち上って、廊下《ろうか》に戻《もど》した電話まで走って行く。

「河本です」

「あ——ええと、君は妹さんだね」

「ええ。姉は出かけてますけど」

「そうか。いや、それなら——」

と切ろうとする相手へ、

「ちょっと待って下さい！」

と、理沙は呼《よ》びかけた。

「え？」

「あなたは鳥崎さんね？」

「そうだけど……」

「一体どういうつもりなの？　あなた死にたいんでしょ？　それなのにどうして、何度も姉さんに電話をかけて来るの？――姉さんはね、あなたが好きなのよ。あなただって、それを知ってるんでしょ？　だったら――あなたが男だったら、なぜ姉さんに何も言わずに死なないの？　姉さんが悲しんで苦しんでるのが分らないの？　卑怯《ひきょう》じゃないの！　姉さんの手の届《とど》かない所で、『死ぬ』『死ぬ』ってイキがっちゃって。姉さんが、どんな気持でそれを聞いてるか分らないの？　この何時間か、あなたを助けようと必死になってたのよ。あなたは何のために姉さんに電話して来るの？　姉さんが一緒《いっしょ》に死にます、って言うのを待ってるわけ？　冗談《じょうだん》じゃないわよ！　私《わたし》がそんなことさせるもんですか！　あなたは死にたくないのよ、そうでしょう？　一人で死ぬのが怖《こわ》いから、まだ純真《じゅんしん》な姉さんを引《ひ》きずり込《こ》もうっていうのね？　それでも男なの？　男なら、くだくだいわずに死んじまいなさいよ！　意気地《いくじ》なし！　あんたなんか姉さんが好きになる値打《ねう》ちないわ！　もう時間でしょ！　さっさと死んじまえばいいわ！」

理沙の両眼《りょうめ》から涙《なみだ》が溢《あふ》れて頬《ほお》を伝った。――しばし、電話はどちらも沈黙《ちんもく》した。

「分った」

鳥崎の声が静かに伝わって来た。「君の言う通りだ。——僕《ぼく》は君の姉さんに甘《あま》えていた。誰《だれ》かが僕《ぼく》のために泣いてくれる、と思わないと死ねなかったんだ。そのことばかり考えていて、姉さんの気持を考えていなかった。すまなかった」

理沙はゴクリと涙《なみだ》を呑《の》み込《こ》んだ。

「どうして……どうして死ぬんですか？」

「つまらない理由さ。君のような人が聞いたら笑うだろう」

「教えて下さい」

理沙は静かに言った。

「誰《だれ》にも言わないでくれるかい」

「え？」

「姉さんにも」

「……ええ」

「僕《ぼく》の母はね、若《わか》い頃《ころ》には大変な金持の一人娘《ひとりむすめ》だった。――父が死んでからも、いくらかの蓄《たくわ》えはあったし、母の道楽に困《こま》らない程度《ていど》の金はいつも自由になったんだ」

「道楽?」

「土地や家を売ったり買ったりするのさ。それが母の唯一《ゆいいつ》の楽しみだった。大して儲《もう》かりもしないが、そう損《そん》もしない遊びだった」

「それが……」

「このところ、母は立て続けに大損《おおぞん》をした。そのあげく、悪質《あくしつ》な不動産業者に引っかかり家を抵当《ていとう》に取られてしまったんだ。そうなって初めて僕《ぼく》はその事情《じじょう》を知った。知らぬ間に銀行の口座《こうざ》も空になっていた。何とか金を都合しなければ、家を追い出されるところまで来ていたんだ」

「ひどいですね」

「だが、母にはその辺のことが分らない。いつまでも大家の令嬢《れいじょう》のつもりでいるんだ。ちょっと金に困《こま》っても、親類へ声をかければたちまち必要な額《がく》が集まって来ると思っている。――僕《ぼく》はどうしようもなく、会社の金をその返済《へんさい》にあてた。母には親類の金だと言ってね。その分は何とか他からやりくりして埋《う》めるつもりだったんだ。しかし思うようにならない内に、社内の監査《かんさ》で発覚するのがもう時間の問題になってしまったんだ」

「それで死ぬんですか？」

「そう。――母は僕《ぼく》の横領《おうりょう》が自分のせいだとは思ってもいないだろう。母にそう思わせておいてやりたいんだ」

「でも……」

「母はプライドの高い人だ。自分の責任《せきにん》で僕《ぼく》が罪《つみ》を犯《おか》したと知るのは堪《た》えられないだろう。でも、息子《むすこ》が自分の罪《つみ》を命で償《つぐな》ったというのなら、誇《ほこ》り高《たか》く堪《た》えられるだろうからね……」

理沙はしばらくして言った。

「私《わたし》には、馬鹿《ばか》げて聞こえるわ」

鳥崎が笑った。

「そうだろうね」

「そんなことで……。でも、止めはしないわ。あなたの自由ですもの」

「そうだよ。いや、君と話ができてよかった」

「もうすぐ――ですね」

「ああ。十時半にね、川向うを列車が通るんだ。川面《かわも》にその灯《あかり》が映《うつ》って、とてもきれいでね。――昔、よくそれを見に来たものさ。それじゃ、君も元気で」

「ええ……」

理沙はそっと受話器を戻《もど》した。――姉さんはもう着いただろうか？　いや、知らせないという約束だ。放っておけばいいんだ……。

十時半の鐘《かね》が、居間《いま》に響《ひび》きわたった。

目尻は顔を上げ、左和子を見た。和代が両手で顔を覆《おお》った。

「お母さん。――時間ですよ。彼《かれ》は死んだ。きっと、彼《かれ》のことだ。時間通りに死んだでしょう……。もう言ってくれてもいいでしょう。どこだったんです?」

左和子は大きく息をついた。

「どの辺です?」

「あの子は川の土手で、向う岸を通る列車を見ながら、川へ身を投げたはずです」

「ここから上流の方へ一里ほど行った橋のそばですよ。――でももう助けられません。川は流れが早いですからね」

「まだ時間はあります!」

目尻は言った。「さっきあなたが玄関《げんかん》へ出ている間に、僕《ぼく》はその時計を十五分進めておいたんです!」

目尻は居間《いま》から飛び出して行った。玄関《げんかん》を出ると、倉田が車を停《と》めた所だった。

「おい、場所が分ったぞ! すぐ行くんだ!」

その時、タクシーが停《と》まって、若《わか》い女性《じょせい》が降《お》りて来た。目尻は彼女《かのじょ》を見た。

「河本さん？」

「はい！　目尻さんですね」

「乗って！」

三人を乗せて、車は夜の道を走り出した。

「もっと飛ばせ！」

「無茶《むちゃ》いうなよ」

倉田は情《なさけ》ない顔で言った。

「――間に合うでしょうか？」

と、美津子は言った。

「大丈夫《だいじょうぶ》。きっと間に合う」

目尻は肯《うなず》いた。

「そうですね。間に合いますね……。きっと……」

美津子は、燃《も》え立《た》つような目を、じっと前方の暗がりへと向けていた。

昼下がりの恋《こい》人《びと》達《たち》

1

「電車が停《とま》ってるよ。早く早く！」

「そんなこと言ったって……」

「これを逃《のが》すと三十分以上待つんだ。走れよ！」

「ハイヒールなのよ！」

「ほら、手を引いてやるから」

「そんなに……引張《ひっぱ》らないでよ……転ぶじゃないの！」

「ほら、ベルが鳴ってる」

「次にしましょうよ」

「頑張《がんば》れって！　もうちょっとだ――」

二人が飛《と》び込《こ》むと同時にドアが閉《し》まった。

「ほら、間に合った……」

秀治《しゅうじ》は息を弾《はず》ませながら言った。

「間に合ったって……死にそうよ……」

純江《すみえ》は喘《あえ》ぎ喘《あえ》ぎ、「結婚《けっこん》前に……やめになりたいの？」

と、文句《もんく》を言った。

「ともかく座《すわ》ろう」

「どこに？」

二人は車両の中を見回した。――車両はまるきりの空だった。

電車がガクンと揺《ゆ》れて動き出す。二人は手近なシートに腰《こし》をかけた。

「へえ、俺《おれ》たちの貸《かし》切《き》りだぜ」

「本当ね」

純江はまだ肩《かた》で息をしながら、「いつもこんなに空いているのかしら？」

「さあ、通勤《つうきん》の時はこうはいかないだろう」

「そうね。今は一番空いてる時間なのね、きっと」

純江は腕時計《うでどけい》を見た。「二時半か。——中途半端《ちゅうとはんぱ》な時間なのよ」

「それにさ、こんな始発駅から乗る人は少ないんだ。何しろまだやっと家が建ち始めたばかりだものな」

「そうね。二、三年したら賑《にぎ》やかになるわよ」

「朝も座《すわ》って行けるかもしれないぞ。それだと助かるよ。何しろ丸二時間かかるんだからな」

「今はそれぐらい仕方ないわよ」

と、純江は出勤《しゅっきん》するわけではないから呑気《のんき》である。「私《わたし》たちの収入《しゅうにゅう》で買える家といったら、この辺まで来ないと……」

「それでも二十五年のローンだからなあ」

「気が遠くなるような先の話ね」

「今、俺《おれ》が二十七だろう。それとほとんど同じくらいの間払《はら》い続けるんだ。楽じゃないよ、全く」

「文句《もんく》言ったたって仕方ないじゃないの」

「そうだな。――でも、二千万ぐらいの金、金とも思ってないような奴《やつ》だっているんだぜ。世の中、不公平だよなあ」

竹中《たけなか》秀治は、大して景気のよくない文具メーカーの営業《えいぎょう》部員だった。ちょっと甘《あま》い二枚《まい》目で、人当りが柔《やわ》らかく、営業《えいぎょう》マンには向いた性格《せいかく》だが、他方、少々軽薄《けいはく》なところがある。

その軽薄《けいはく》さで職場《しょくば》の女の子にちょいと手をつけたところ、逆《ぎゃく》に、鷲《わし》の如き鋭《するど》い爪《つめ》でガッチリとつかまってしまった。その鷲《わし》が和田《わだ》純江だったというわけだ。まあ、なかなか可愛《かわい》い女ではあるし、こうなっちまったからには仕方ないか、と秀治も半ば諦《あきら》めて来月には結婚《けっこん》の運びになっていた。

二人して決めた新居《しんきょ》を見ての帰路である。

「のんびりした電車ねえ」

と純江が表を見ながら言った。田園風景、といえば聞こえはいいが、要するに未開発の野や山が続いているのだ。

「夜になったら寂《さび》しそうだな」

「一人でいちゃ怖《こわ》いわ。早く帰って来てね」

「いやでもそうなるさ。電車がなくなっちまうからな」

秀治は苦笑《にがわら》いしながら言った。

電車が次の駅に着いたが、乗って来たのは、一人だけ、もう七十にはなっていようという老人で、何の用で出かけるのか、いささか足下《あしもと》も覚つかない頼《たよ》りなさ。

「大丈夫《だいじょうぶ》かしら?」

老人がよろよろと席に辿《たど》りつき、疲《つか》れ果《は》てた様子で座《すわ》り込《こ》むのを見て、純江が言った。

秀治は肩《かた》をすくめて、

「もう片足《かたあし》を棺桶《かんおけ》に突《つ》っ込《こ》んでる感じだな」

「しっ！　聞こえるわよ」

「聞こえるもんか」

老人は、眠《ねむ》ろうとでもするように、目を閉《と》じて、シートにもたれかかった。電車が動き出すと、もう老人のことなど忘《わす》れて、純江は結婚式《けっこんしき》の招待客《しょうたいきゃく》のことを話し始める。

「——だから、あの人を呼《よ》ぶと他にも三人ぐらい呼《よ》ばないといけなくなるのよね。どうしよう？」

「そうだなあ……。まあ好きにしろよ」

正直なところ、秀治のほうは固苦しい式だの披露宴《ひろうえん》だのは苦手で、どうでもいいから早く済《す》んじまってくれればいいと思っているのだ。誰《だれ》を呼《よ》ぼうが呼《よ》ぶまいが、構やしない。

「そんな、気のないこと言って！」

と、純江は、ちょっとむくれてプイとそっぽを向いたが——。「あら！　どうしたのかしら？」

さっきの老人が低い呻《うめ》き声《ごえ》を上げながら、シートへ倒《たお》れているのだ。

「発作《ほっさ》でも起こしたのかしら?」

「仕方ないな、全く!」

二人は席を立って老人のほうへ歩いて行った。

――どうやら相当に具合が悪いらしいのは、医者ならぬ身でも分った。顔は紙のように白くなり、額《ひたい》には玉のような汗《あせ》が吹《ふ》き出《だ》している。息はまるでか細い笛の音か風の吹《ふ》き抜《ぬ》ける音のようで、苦しげに胸《むね》を両手で押《おさ》えている。

「こりゃ大変だ」

「死んじゃうのかしら?」

「そんなこと知るかい。しかし、放っとくわけにもいかないな。車掌《しゃしょう》に話して、次の駅で駅員に面倒《めんどう》みさせるようにしよう。ちょっと一番後ろまで行ってくる」

「早く戻《もど》って来てよ!」

と、純江が情《なさけ》ない顔で言った。

がら空きの車両を駆《か》け抜《ぬ》けて、秀治は車掌室《しゃしょうしつ》へやって来ると、ガラスの扉《とびら》をトントンと叩《たた》いた。

「——何ですか?」

若《わか》い車掌《しゃしょう》が面倒《めんどう》くさそうにドアを開けて顔を出す。秀治が事情《じじょう》を話すと、

「分りました」

と肯《うなず》いて、「でも、すぐ次の駅です。ドアを開けなくちゃいけないから、あなた戻《もど》ってて下さい。ドアを開けといて、ホームのほうから行きます」

そう言っている内に電車はスピードを落とし始めていた。

秀治が純江と老人のいる車両へ戻《もど》って行くと、ちょうど電車が停《と》まって、ドアが開いた。車掌《しゃしょう》が、駅員と二人でやって来る。

「やあ、こりゃ悪そうだな」

と、車掌《しゃしょう》が駅員へ、「手を貸《か》してくれ。ともかくホームへ出さないと」

と言った。

それから、やっと一息ついた秀治のほうへ向いて、

「あなたも、すみませんが、ちょっと手伝って下さい」

断《ことわ》るわけにもいかず、秀治も手を貸《か》して、老人をホームへ降《お》ろし、ベンチに座《すわ》らせた。

「救急箱なら駅長室にあるけど」

と、駅員は頼《たよ》りないことを言っている。

「そんなんじゃだめだ。すぐ病院へ運ばないと」

「そうですか」

駅員は、面倒《めんどう》なことには関《かかわ》りたくないという様子で、「でも……」

と渋《しぶ》っている。

「救急車を呼《よ》びゃいいじゃないか」

と、いい加減苛立《かげんいらだ》って、秀治が言った。

「病院はすぐそこにあるんですよ」

と、駅員は顎《あご》でしゃくって、「目の前だから、救急車呼《よ》ぶより早いや」

「じゃすぐ連れてきゃいいだろ」

「だって俺《おれ》はここを離《はな》れられないんですよ。電車が来るもの」

「他に誰《だれ》かいないのか？」

「今、駅長も留守《るす》で……」

「何とかしろよ！　それが駅員の仕事だろ！」

「酔《よ》っ払《ぱら》いの世話ぐらいならねえ……」

「勝手にしろ！」

頭へ来た秀治はさっさと電車に乗《の》り込《こ》んだ。

「全く、何て怠慢《たいまん》な奴《やつ》らなんだ！」

「どうなっちゃったの？」

「知るもんか」

これであの年寄《としよ》りが死んだら、駅員と車掌《しゃしょう》の責任《せきにん》だ。——全く、俺《おれ》だってそう責任《せきにん》感《かん》の強いほうじゃないが、あいつらに比《くら》べりゃ大したもんだ。

車掌《しゃしょう》が乗って来ると、

「お客さん。申《もう》し訳《わけ》ありませんが……」

と、頭を下げる。「私《わたし》は電車が遅《おく》れてしまうのでぐずぐずできないし、駅員のほうも持場を離《はな》れられないようなんです。あのお年寄《としよ》りを病院まで連れて行ってもらえませんか。ご迷惑《めいわく》だとは思うんですが」

「大迷惑《だいめいわく》だよ！」

と、秀治は腕《うで》を組んで、「こっちは客なんだぞ！　どうしてそんなことまで――」

「秀治さん」

純江は秀治の腕《うで》を取って、「どうせ急ぐわけじゃないんだもの。連れて行ってあげましょうよ」

「ええ？　だって、何もこっちが――」

「死んじゃったりしたら、後味が悪いじゃないの。せっかく結婚《けっこん》前なのに。――ね？」

秀治は、不機嫌《ふきげん》そうにため息をついた。

「畜生《ちくしょう》！　定期を半年分只《ただ》で寄《よ》こせって請求《せいきゅう》してやるぞ！」

——駅員の言った「目の前」の病院は、確《たし》かに、駅を出ると目の前に見えていた。

しかし、問題はそこへ真直《まっす》ぐに行く道がないという点だったのである。

結局、秀治は背中《せなか》にあの老人を背負《せお》って、ぐるりと遠回りの道を五分以上歩かなくてはならなかった。

いかに年寄《としよ》りとはいえ、そう軽くはないし、おまけにすぐ耳元でハアハアと苦しげな息遣《いきづか》い。どうにもいい気分ではなかった。

やっとの思いで病院へかつぎ込《こ》む。ここでもあれこれとうるさく訊《き》かれ、同じ事情《じじょう》の説明を、受付と看護婦《かんごふ》と医者に三度くり返さねばならなかった。

「——じゃ、後はよろしく」

老人が診察室《しんさつしつ》へ運《はこ》び込《こ》まれると、秀治はそう言って帰ろうとした。

「ああ、ちょっと」

と、医者が呼《よ》び止《と》める。

「まだ何かあるんですか?」

「あの人の身寄《みよ》りとか知人を知らんかね?」

「知っているわけないでしょう。さっき言った通り、ただ偶然《ぐうぜん》に一緒《いっしょ》の電車に乗って
ただけなんですから」

と、秀治はうんざりして、「もういい加減《かげん》に勘弁《かんべん》して下さいよ」

と、ため息をついた。

「分った。ただ万一の場合、あの人は身許《みもと》の分るものを持っとらんのでね」

「この線の××駅から乗って来ましたわ」

と純江が言った。「あそこに住んでるのかもしれません」

「なるほど。そうかもしれないな。――すまないけど、報告書《ほうこくしょ》を出さにゃならんので、
住所と名前を書いて行ってくれるかね」

「それでもう帰っていいんですか?」

「ああ、もう結構《けっこう》だ」

「じゃ書きますよ」

秀治は住所、名前、勤務先《きんむさき》まで書類に記入させられて、やっと放免《ほうめん》された。

「やれやれ。とんだ目にあっちまったな」

「でも人助けよ」

「いくら人助けでも、やり過《す》ぎだ。――それにしても、あの医者、診察《しんさつ》なんかしやしねえで、書類のことばっかり気にしてたな。あれじゃ助かる者も助からないぜ」

「本当ね。でも、どっちにしろ私《わたし》たちには関係ないわ」

「そうだな。ああ、肩《かた》が凝《こ》った」

秀治は首を左右へ傾《かたむ》けて筋肉《きんにく》をほぐそうとした。「人助けってのは疲《つか》れるもんだな」

それから一週間たって、秀治が外回りを終えて戻《もど》って来ると、受付の女の子が、

「竹中さん。お客様がお待ちです」

と言った。

「誰《だれ》？」

「こういう方です」

と名刺《めいし》を手渡《てわた》す。

「田口幸蔵《たぐちこうぞう》、弁護士《べんごし》？　知らないなあ」

「二時頃《ごろ》から待ってるんですよ」

「じゃ二時間半も？」

「何時間でもお待ちしますって。向いの喫茶店《きっさてん》にいるはずです。竹中さん、借金の取り立てじゃないんですか？」

「冗談《じょうだん》言うなよ、結婚《けっこん》前だぜ」

と、秀治は苦笑《にがわら》いした。

喫茶店《きっさてん》へ入ると、すぐに分った。大きな鞄《かばん》をかかえてメガネをかけ、見るからに弁《べん》護士《ごし》という様子だったからだ。

「竹中ですが」

と、声をかける。

「ああ、こりゃどうも」

と、相手が慌《あわ》てて立ち上った。

――型通りの挨拶《あいさつ》の後、

「どういうご用件《ようけん》でしょう?」

と、秀治は訊《き》いた。

「実は私《わたし》、坂井靖文《さかいやすふみ》様の遺言執行《ゆいごんしっこう》を任《まか》されておりまして……」

「坂井?――知りませんね、そういう名前の人は」

「一週間ほど前になりますが、電車で坂井様が発作《ほっさ》で苦しんでおられた時、病院まで運んで下さったとか」

「ああ! あの人ですか。すると……亡《な》くなられたんですか?」

「一旦《いったん》は持ち直されたのですが、四日後にもまた発作《ほっさ》を起こされ、そのまま……」

「それはどうも」

「それで、一旦元気《いったんげんき》になられた時に私《わたし》が呼《よ》ばれまして、あなたのご親切に報《むく》いたい、とおっしゃって、遺産《いさん》の一部をあなたへ贈《おく》るよう、遺言状《ゆいごんじょう》を書き改められましたのです」

「それはまた……」

「大体、ほとんど身寄《みよ》りのない方でして。あの辺の土地をかなり所有しておられたのです」

「そうでしたか」

「あなたには現金《げんきん》の一部を遺《のこ》されまして……」

「しかし、そんなつもりでお世話したわけじゃありませんから」

と言いながら、秀治は内心手を打っていた。

大したことはないだろうが、ないよりましというものだ。結婚《けっこん》を控《ひか》えて少しでも助かる。

「まあ故人《こじん》のせっかくのご遺志《いし》です。ぜひお受け下さい」

「はあ……。それは……」

と、一応《いちおう》ためらって見せる。「じゃ、お断《ことわ》りするのも却《かえ》って失礼かもしれませんから、ありがたくいただきましょう」

「それではほっとしました。ではこの書類を……」

と、鞄《かばん》を探《さぐ》る。

「で、それは、どの程度《ていど》の――」

と、さり気ない風を装《よそお》って訊《き》く。

「正確《せいかく》な所は計算していませんが、まあ相続税《そうぞくぜい》を差し引いて、およそ……五千万前後というところでしょう」

2

「私《わたし》をからかってるの？」

純江は半信半疑《はんしんはんぎ》の様子で秀治を見た。

「嘘《うそ》じゃない！　五千万だ！　あのじいさん、大金持ちだったんだ！」

喫茶店《きっさてん》の中なので大声は出さなかったが、つい秀治の声も上ずっている。

何度も説明され、書類を見せられ、やっと納得《なっとく》すると、純江は放心の態《てい》で、

「夢《ゆめ》みたい！……五千万！」

「そうさ。家の代金なんか即金《そっきん》で払《はら》ってやる。それだって三千万以上残るんだぞ」

「何を買おうかしら？　毛皮、ダイヤの指環《ゆびわ》、ハンドバッグ――」

「車を買おう。スポーツタイプだ。それに――」

「ねえ、新婚《しんこん》旅行、海外にしましょうよ！」

「よし、それはいいや。ヨーロッパにするか、アメリカがいいかな？」

「ああ、こんな話が本当に起こるなんて！」

純江は夢見心地《ゆめみごこち》で目を閉《と》じた。

「どうする気よ?」

純江はソファへ寝《ね》そべったまま、言った。秀治は答えなかった。

「もう八方塞《ふさ》がりだわ。——どこからもお金を借りられるあてはないし」

純江は秀治へ腹立《はらだ》たしげな目を向けると、

「あなたが妙《みょう》な投資《とうし》なんかに手を出すからいけないのよ」

と、突《つ》っかかるように言った。

「仕方ないだろう、今さらそんなことを言っても」

「私《わたし》がやめておけって言ったのに」

「絶対《ぜったい》に当ると思ったんだ」

「そんな〈絶対《ぜったい》〉なんて商売、あるもんですか。要するに、態《てい》よく巻《ま》き上《あ》げられただけなのよ、あなたは」

秀治は何とも言わず、ただ黙《だま》ってウイスキーをあおっている。——しばらくして、純江がため息と共に言った。

「どうするの?……この家だって抵当《ていとう》に入ってるのよ。来月になったら出て行かなきゃならないわ。そうなったらどこへ行くのよ?」

秀治は苛々《いらいら》と、

「俺《おれ》に分るもんか!」

と怒鳴《どな》ったが、その声は何とも弱々しい。

「あーあ、五千万なんて、すぐなくなるもんね」

「ああ派手《はで》に使わなきゃよかったんだ」

「それこそ、今さら言っても手遅《ておく》れよ」

と、純江は鼻先で笑った。

秀治がちょっとよろけながら立ち上った。

「どこに行くの?」

「叔父《おじ》さんの所さ」

「また?　やめておきなさいよ」

「もう一度頼《たの》んでみるさ」

「この前、これで最後だって言われたじゃないの」

「今度だけさ。――返済《へんさい》の手付金ぐらいでも払《はら》えば、後はまた何とか――」

「どうにもならないわよ。稼《かせ》げるあてはないんだし」

「分らねえさ。あの五千万だって、向うから転《ころ》がり込《こ》んで来た金だ」

「そうそう転《ころ》がり込《こ》んじゃ来ないわよ」

「ともかく行って来る」

純江は別にそれ以上止めようともしなかった。

秀治は駅への道を、ぶらぶらと歩いて行った。天気のいい、陽射《ひざ》しのまぶしい午後だった。昼間から酔《よ》っている身には、その明るさがやりきれない。

たった一年。――五千万という大金を手にしてから、一年しかたっていないのにこのざまだ。一年前、あの浮《う》かれた日々には、こんな一年後を予想することもできなかった……。

五千万。——あっという間だったな。

一番の間違《まちが》いは、会社を辞《や》めてしまったことだった。辞《や》める気ではなかったのだが、五千万の遺産《いさん》の件《けん》はやがて会社中に知《し》れ渡《わた》ってしまい、どうにも辞《や》めざるを得ない立場に追《お》い込《こ》まれたのである。

あの時、我慢《がまん》して会社にとどまっていたら、と、無意味を承知《しょうち》で、秀治は悔《く》やんでいた。——どうせ新しい仕事につくのなら、自分で何か始めてみよう、と思い立ったのが間違《まちが》いのもとだった。元来、人に使われていれば巧《うま》く立ち回れるものの、商才などというものはない男だ。

やることなすこと裏目《うらめ》、裏目《うらめ》に出て、家の代金を払《はら》った残りの三千万が底をつくのは、あっという間だった。しかも家を抵当《ていとう》に入れての借金も、もう返済期限《へんさいきげん》が迫《せま》っているのだ……。

いっそあの五千万が最初からなかったら、と秀治は勝手なことを考えるのだった。

駅へ着いて、秀治は切符《きっぷ》を買った。——電車はもう停《と》まっていて、間もなく発車時間になるところだ。

車両は空だった。腕時計《うでどけい》を見ると二時半だった。——そういえば、あの時も、これぐらいの電車に乗ったのではなかったろうか？

あの日、静かな昼下がりで、車両には秀治と純江の二人しかいなかった。考えてみればあの電車に一分違《ちが》いで乗《の》り遅《おく》れていたら、今の自分は相変らずのサラリーマンながら、こんな惨《みじ》めな様にもならずに済《す》んだろう。

「人の運なんて分らないもんだ……」

人のいない座席《ざせき》にゆっくりと腰《こし》をおろすと秀治は呟《つぶや》いた。

ドアが閉《し》まり、電車はゆっくりと動き出した。

一年たつが、沿線《えんせん》の風景は一向に変わる様子もない。変わったのは俺《おれ》たちだけかもしれない……。

次の駅に着いた。——七十歳《さい》は優《ゆう》に越《こ》えていそうな老婦人《ろうふじん》が、杖《つえ》をつきながら、乗って来るのを見て秀治は思わず苦笑《くしょう》した。

「どうもこの車両は老人専用車《せんようしゃ》らしいな」

上品な和服姿《わふくすがた》の老婦人《ろうふじん》は、やれやれ、といった様子で席についた。

電車が動き出す。秀治は所在《しょざい》なく、窓《まど》の外の見飽《みあ》きた風景を見ていたが、その内、ふと老婦人《ろうふじん》のほうへ目を向けて、ギクリとした。

老婦人《ろうふじん》がシートにぐったりともたれかかって、杖《つえ》は床《ゆか》へ転がっている。ただ眠《ねむ》っているという様子には見えなかった。

一瞬《いっしゅん》、秀治は奇妙《きみょう》な偶然《ぐうぜん》に当惑《とうわく》したが、放っておくわけにもいかず、立ち上って、その老婦人《ろうふじん》のほうへ近付いて行った。

「大丈夫《だいじょうぶ》ですか?」

そっと声をかけると、土気色の顔がゆっくり上を向いて、目が開いた。

「ご気分でも……あの、何かできることがあれば……」

「ご親切に……どうも……」

老婦人《ろうふじん》はかすれた声で言った。「この……手提《てさ》げに……黄色い錠剤《じょうざい》が……」

「これですか。――ああ、この袋《ふくろ》の中の奴《やつ》ですね？」

「水を……水をいただけませんか……」

「ああ、ええと……次の駅に着いたら、降《お》ろしてあげますよ。駅員に言って水をもらいましょう」

「でも……それでは、あなたにご迷惑《めいわく》が……」

「いや、構《かま》いません。別に急ぐわけじゃないんですから」

そう言っている内に、電車は次の駅へ着いた。秀治は老婦人《ろうふじん》の体を支《ささ》えて立たせてやると、

「大丈夫《だいじょうぶ》ですか？　ゆっくりと……」

と言いながら、ホームへ降《お》りた。

駅員が見付けて駆《か》け寄《よ》って来る。むろん前の時の駅員ではない。

「どうしました？　大丈夫《だいじょうぶ》ですか？」

と、声をかけて来る。

前の時の駅員ほど無責任《むせきにん》な奴《やつ》ではないらしい。

水を頼《たの》むと、急いで走って行き、コップに水を入れて持って来た。老婦人《ろうふじん》はその水と一緒《いっしょ》に黄色の錠剤《じょうざい》を服《の》んだ。

五分もすると嘘《うそ》のように顔色もよくなり、元気になっていた。

「本当にどうもご親切に……」

「いえ、とんでもない」

「車で行けばよかったのに、なまじ気分が良かったものですから、無理をして階段《かいだん》を上ったのが応《こた》えたようですわ」

「ここから車で行かれますか？」

と、駅員が訊《き》いた。「タクシーを呼《よ》んであげますよ」

「まあ、そんなことまでお願いしては――」

「構やしません。どうせ次の電車が来るまで暇《ひま》ですから。さあ、下で休まれたほうが楽ですよ」

「僕《ぼく》も手伝いましょう」

と、秀治も申し出た。

「そりゃ助かります。じゃ、そちらを支《ささ》えて……」

二人で抱《かか》えれば、老婦人《ろうふじん》の体はそう重くない。改札口の外のベンチに座《すわ》らせておいて、駅員はタクシー会社に電話をかけに行った。

「——本当にご迷惑《めいわく》をおかけしました」

「いえ、そんなに礼を言われるほどのことではありませんよ」

「私《わたし》はこの手前の駅のそばにおります。木谷《きたに》と申します。——この近くにお住いですの？」

「はあ。終点の駅のそばの建売に……」

「ああ、それではあの新しいお家ですか」

「マッチ箱みたいなものですがね」

と、秀治は笑った。

「お近くへおいでになりましたら、ぜひお寄《よ》り下さい」

「はあ……」

駅員が戻《もど》って来た。

「すぐ来るそうですよ」

実際《じっさい》、五分も待たずに、タクシーがやって来て、老婦人《ろうふじん》は秀治と駅員に何度も礼を述《の》べてから乗《の》り込《こ》んだ。

「――いいお婆《ばあ》さんでしょう」

車を見送って駅員が言った。

「知ってるんですか？」

と、秀治は訊《き》いた。

「この辺の大地主なんですよ。でもご主人は戦争で亡《な》くなり、息子《むすこ》さんも大分前に死にましてね。一人住いなんです。寂《さび》しいでしょうなあ」

「大地主？　あの人が？」

「ええ。終点の××駅の前に建売住宅《たてうりじゅうたく》ができてるでしょう。あの辺もあのお婆《ばあ》さんの土地だったんです。――亡《な》くなったら財産《ざいさん》はどうなるんだろう、と近所の人は余計《よけい》な心配をしてるようですよ」

駅員は時計を見て、「ああ、そろそろ電車が来る。ホームへ上らなくちゃ」

「そうですか」

「でも来るのは下りです。反対方向ですよ」

秀治はちょっと間を置いてから、

「用を思い出しました。今度の下りで戻《もど》ります」

と言った。

・

「あら、ずいぶん早いお帰りね」

と純江がびっくりして顔を上げた。「叔父《おじ》さんの所には行かなかったの?」

「ああ、ちょっとした事があってね」

秀治はソファへ座《すわ》り込《こ》んだ。

「――そんな馬鹿《ばか》な話って！」

秀治の話に、純江は唖然《あぜん》とした。

「本当だから仕方ないさ」

「へえ。――でも、それがどうしたの？　その人は遺産《いさん》をくれるって言ったわけじゃないんでしょ？」

「当り前だ」

「じゃ、何にもならないじゃないの」

純江は肩《かた》をすくめて、「他の人が持ってるって分ったって、こっちには一文の得にもならないわ」

「そこさ、問題は」

と、秀治は狡《ずる》そうな笑いを浮《う》かべて、「それを得になるように持って行くんだ」

「何を言ってるの？」

と、純江はいぶかしげに眉《まゆ》を寄《よ》せた。

「あの婆《ばあ》さんは一人住いで寂《さび》しがってるんだ。近くへ来たら寄《よ》ってくれと言ってた」

「社交辞令よ。決ってるじゃないの」

「そうじゃないかもしれない。訪《たず》ねて行きゃ喜ぶかもしれないぜ」

「馬鹿《ばか》らしい！」

「そうか？　俺《おれ》はそう思わないがな」

「どうしようっていうのよ。訪《たず》ねて行って、少し財産《ざいさん》を分けて下さいって頼《たの》むの？」

「まさか！　向うをその気にさせるように、うんと親切にしてやるのさ。金目当てなんてことをおくびにも出しちゃいけない」

「そんな呑気《のんき》なこと、していられるの？　借金の返済期限《へんさいきげん》は来月なのよ」

「やるだけやってみるさ。悪くはないだろう。あてのない借金を頼《たの》んで回るよりゃずっといいと思うがな、俺《おれ》は」

純江は肩《かた》をすくめた。

「好きなようになさいよ」

「お前にだって手伝ってもらうぞ」

「私《わたし》？」

「そうだ。年寄《としより》の好きそうな食い物を作って行ってやるんだ。年寄《としより》など、そう楽しみはないからな」

「そんなことでご機嫌《きげん》が取れる？」

「やってみなきゃ分らないさ」

純江はため息をついたが、

「いいわ。それじゃやってみましょ。——同じ奇跡《きせき》は二度とは起こらないと思うけど、私《わたし》は」

「起こらなきゃ、起こしてみせるさ」

秀治はそう言って、タバコに火を点《つ》け、ゆっくりと煙《けむり》を吐《は》き出《だ》した。

3

「ごめん下さい」

玄関《げんかん》の戸を開けて、秀治は声をかけた。「留守《るす》なのかな?」

「ずいぶん不用心ね。開けっ放しにしとくなんて」

「それにしてもごく普通《ふつう》の家だなあ」

「本当ね。これが女地主の家なの?」

「結構《けっこう》そんなものかもしれんさ。――ごめん下さい」

と、少し大きな声を出す。

「何か?」

急に二人の背後《はいご》から声がした。びっくりして振《ふ》り向《む》くと、あの老婦人《ろうふじん》が立っている。

「あら、この間の――」

と、すぐに秀治に気付いて、「その節はお世話になりました」

「いいえ。大分具合もよろしいようですね」

「おかげさまで。今日は元気がいいものですから、庭で土いじりをしておりまして……。こちらは奥様《おくさま》でいらっしゃいますの？」

「竹中純江と申します」

「木谷鮎子《あゆこ》です。──よくいらっしゃいました。どうぞお上り下さい」

「はあ。この間のお言葉に図々《ずうずう》しく甘《あま》えさせていただいて……」

と、秀治が頭をかく。

「こんなお婆《ばあ》さんの一人の所によくいらっしゃいましたね。さ、どうぞ」

「では……」

小さな、しかし清潔《せいけつ》そのものの日本間に通され、二人は座布団《ざぶとん》にかしこまって座《すわ》った。

「どうぞお楽に。今、お茶を淹《い》れます」

「どうぞお構《かま》いなく──」

木谷鮎子が出て行くと、純江は部屋の中を見回した。

「きれいになってるわね」

と感心した様子。

「そうかい？」

「ほら、あの置物だの、木の棚《たな》の艶《つや》をごらんなさいよ。よほどまめに手入れしていなきゃ、ああはいかないものよ」

「なるほど、そんなもんかな」

「我《わ》が家《や》の乱雑《らんざつ》さとは対照的ね」

「変な所を比《くら》べるなよ。こっちは破産寸前《はさんすんぜん》、ここは大金持ちだぞ。きっと人を雇《やと》ってやらせてるのさ」

「そうかしら」

「決ってる。金さえありゃうちだって――」

「しっ！」

と、純江が遮《さえぎ》った。

木谷鮎子が茶の道具を盆《ぼん》にのせて運んで来た。

「おいでいただいても、私《わたし》一人なので、何もお出しするものがなくて……」

「あの、これ……よろしければ」

と、純江は包みを出して、「水羊羹《みずようかん》なんですけど」

「まあ、これはどうも」

「いや、あの時駅員さんから、お一人でお住いだとうかがいましてね。まあ、ちょっとした気晴らしにでもなれば、と思いまして。大したものじゃありませんが、家内の手料理を詰《つ》めて来ました。お口に合わないと思いますが……」

極力下心があるとは聞こえないように、秀治は言った。


「滑《すべ》り出《だ》しは上々じゃないか」

家へ帰ると、秀治はニヤリと笑って伸《の》びをした。「何とも窮屈《きゅうくつ》で参ったけどな」

「あんなに喜んでもらえるなんて」

と、純江は逆《ぎゃく》にちょっと気がとがめている様子。「心苦しくて仕方なかったわ」

「どうして？　計画通りだぜ」

「だって、そんなこと疑《うたが》ってもいないんだもの。帰《かえ》り際《ぎわ》には涙《なみだ》まで浮《う》かべて……」

「人がいいんだな。よく今まで誰《だれ》にも欺《だま》されずにいたもんだ」

純江はしばらく黙《だま》って部屋の中を見回していたが、やがて、ふと思い付いたように、

「ねえ、今度はあの人をここへ呼《よ》びましょうよ」

と言い出した。

「ええ？　ここへかい？」

「そうよ。いいでしょう？」

「そりゃまあ……。いい手かもしれないな。しかし、来るかね？」

「電話してみるわ。ぜひいらして下さいって！」

純江はいやに張《は》り切《き》っている。

木谷鮎子は喜んで伺《うかが》いますと返事をして来た。

翌日《よくじつ》、純江は朝からコマネズミのように働いた。ここ何か月か、貯金が底をつき、借金がかさんで来るにつれ、何もやる気がしなくなって、家の中は汚《よご》れ放題《ほうだい》になっていたのである。

「あなたは出かけていてよ」

と秀治を追い出し、家中を磨《みが》き上《あ》げんばかりにした。丸一日、昼食も立ってパン一《いち》枚《まい》をかじるだけ。ほとんど休むことなく働いて、さすが夜にはくたくただったが、ともかく別の家かと思うほどになった。

帰って来た秀治は目を丸くして、

「驚《おどろ》いたな！　この家って、こんなにきれいだったか？」

と、思わず口走った。

「どう？　気分がいいでしょ。ああ疲《つか》れた」

「何も家中やることはないじゃないか。あの婆《ばあ》さんに見せる所だけきれいにしておきゃ……」

「そういうもんじゃないわ。やるなら徹底的《てっていてき》にね。見えなくったって、そういうのって分るものよ」

「そうかね」

「久《ひさ》しぶりだわ、こんなに疲《つか》れるまで働いたのって……」

そう言うと、純江は大きな欠伸《あくび》をした。

「明日来るんだろ?」

「そうよ。朝の内に買物に行かなきゃ」

「俺《おれ》はどうするのかな」

「そうね。あんまりいつも家にいちゃおかしいでしょ。勤《つと》めてることになってるんだから。出かけて、適当《てきとう》に夕ご飯の頃戻《ころもど》って来たら?」

「そうするか……」

純江は立ち上りながら、

「でも、夢中《むちゅう》で働いた後の疲《つか》れっていいもんね。久《ひさ》しぶりにこんな気分、味わったわ」

と言うと、夕食の仕度《したく》に、台所へ行ってしまう。

秀治は、ちょっと呆気《あっけ》に取られていたが、やがてソファにゆっくりと寛《くつろ》いだ。

夢中《むちゅう》で働いた後の疲《つか》れか……。秀治は元来があくせく働くことの嫌《きら》いな男である。

サラリーマンの頃《ころ》でも、いかにして適当《てきとう》に仕事をさぼるかばかりを考えていた。

それでもたまには、仕事に追いまくられて、必死に働くことも二度や三度はあって、そんな時に、いわゆる「充実感《じゅうじつ》」というやつに近い気分を味わったこともあるのだが、その一瞬《いっしゅん》が過《す》ぎてしまえば、安月給でこんなに働かされちゃ合わねえや、という愚痴《ぐち》ばかりがまた出て来るのだった。

今からでも、新しく仕事を見付けて働く気もないわけではない。しかし、のしかかっている借金の大きさを思うと、少々必死で働いたところでどうにもならないのである。

ここは一つ、やはりあの老婦人《ろうふじん》の財産《ざいさん》に期待する手だ。——幸い、向うもこっちが気に入っているようだし、この分なら大いに見込《みこ》みはある。

といっても、問題は残る。たとえ木谷鮎子が秀治たちに遺産《いさん》を分けてくれることになったとしても、それは木谷鮎子が死ななくては手に入らないのだ。彼女《かのじょ》がすぐ死ぬという可能性《かのうせい》はむろんあるが、来月の借金返済期限《へんさいきげん》までに死んでくれるかどうかは、定かではない。

考えてみれば無茶《むちゃ》な計画を立てたものである。

「まあ、成り行き次第《しだい》で考えるさ……」

と、秀治は呟《つぶや》いた。

——大体がいい加減《かげん》な男なのである。

次の日、一応背広《いちおうせびろ》にネクタイというスタイルで家を出た秀治は、さて、映画《えいが》でも見て時間を潰《つぶ》すか、と思いながら電車に乗った。

ぼんやりと窓《まど》の外を眺《なが》めていると、

「やあ、この間はどうも」

と、声をかけて来た男がいる。

「いえ……」

と会釈《えしゃく》したものの、とんと見憶《おぼ》えのない顔である。「失礼ですが、どなたでしょうか？」

「いや、この格好《かっこう》じゃお分りにならないのも無理はないな。駅員の制服《せいふく》を着ていないとね」

言われて、

「ああ」

と思い出した。

木谷鮎子を助けた時、水を持って来たり、タクシーを呼《よ》んだりした駅員だ。今日はセーターにジーンズという軽装《けいそう》なので、全く別人のように見える。

「今日はお休みですか？」

と、秀治は訊《き》いた。

「そうなんですよ」

と、駅員は三田《みた》と名乗って、「一度お目にかかりたいと思っていたんです」

「はあ。何か僕《ぼく》に用でも？」

「ちょっとお話ししたいことがありましてね」

三田は、やや間を置いてから、「――これからお仕事ですか？」

と訊《き》いた。

「いえ……。まあ、そう急ぐわけじゃないんです」

と、秀治は曖昧《あいまい》に言った。

「それじゃどうです、次の駅で降《お》りると、静かな喫茶店《きっさてん》があります」

三田の口ぶりには、どこか秘密《ひみつ》を隠《かく》しているような、思わせぶりな所があった。

「いいですよ」

と、秀治は肯《うなず》いた。

「遺産《いさん》をあなたに？」

秀治は思わず訊《き》き返した。「あのお婆《ばあ》さんがですか？」

「ええ。まあ『ごく少し』ということでしたがね。親切にしてもらったお礼だと言って」

「それは……結構《けっこう》じゃないですか」

秀治は無理に言葉を押《お》し出《だ》した。

三田はニヤリと笑って、

「ご安心なさい。あなたのほうへも遺《のこ》す気でいるらしいですよ」

「どうしてそれを？」

「いや、実はあの翌日《よくじつ》に駅へやって来ましてね、あなたのことを訊《き》かれたんです。何という人か知らないかというわけですよ。分らないと言うと、実は——と打ち明けてくれたんです。なかなか他人の面倒《めんどう》をあそこまで見てくれる人はいない。ついては私《わたし》が死んだ時に遺産《いさん》の一部をあの方へ差し上げたい、というので、今度お見かけしたら、名前を伺《うかが》っておきますと答えたんです」

「それはどうも……」

「で、その時に、『あなたも仕事とはいえ、とても親切にして下さったので、ごく少しばかりですけれど、贈《おく》らせて下さい』と言って行ったんです」

「そうですか。——いや、そんなことを言われても困《こま》っちまいますね」

と、秀治は作り笑いを浮《う》かべた。

「でもせっかくくれるっていうんだから、もらっておけばいいじゃありませんか」

「まあ……それはそうですけど」

「私《わたし》だって、くれるというものは断《ことわ》りませんよ」

と、三田はあっさり言った。「まあ『少し』っていうのが、実際《じっさい》にはどの程度《ていど》の金《きん》額《がく》なのか分りませんがね。本当に少しかもしれない。でもあの人の資産《しさん》は何億だか、大変なものらしいですからね。そういう人の『少し』は、私《わたし》たちの言う『少し』とは大分感覚も違《ちが》うかもしれません。結構《けっこう》な額《がく》かもしれないと思いませんか？」

「さあ、どうでしょう。見当もつきませんね」

と、秀治は逃《に》げた。

「あの人も、もう長くはないでしょう。あなたのことは私《わたし》が知らせましょうか？　それともご自分で連絡《れんらく》しますか？　本当はそのほうが詳《くわ》しいことも分っていいと思いますがね」

「そ、そうですね。自分で連絡《れんらく》を取りますよ」

と、秀治は急いで言った。

この三田という男が木谷鮎子へ連絡《れんらく》して、実はとっくに秀治が訪《たず》ねて行っていたことが分ったら、妙《みょう》なものである。

「そうですか。じゃ、あの人の電話を――」

三田はポケットから手帳を出してメモを書き、破《やぶ》って秀治へ渡《わた》した。

「早く連絡《れんらく》したほうがいいですよ」

と、三田は微笑《ほほえ》んで、「分らない内に死んじまったら一文ももらえなくなる」

「そんなにすぐってこともありますまい」

秀治はメモをポケットへしまい込《こ》んだ。

すぐ、か。――もう木谷鮎子は、秀治たちのことを遺言状《ゆいごんじょう》に書き入れているだろうか？　もしそうなら、すぐにでも死んでくれるほうが助かるのだが……。

「――じゃ、どうも」

また電車に乗り、いくつか先の駅で、三田は降《お》りて行ったが、降《お》りる時に秀治のほうを振《ふ》り向《む》くと、

「早くご連絡《れんらく》なさい。いいですね」

と、念を押《お》して行った。

――どうやら、秀治のことが判《わか》らないと木谷鮎子が自分のほうへも遺産《いさん》を回さないのではないかと三田は気にしているようだった。

映画《えいが》を見て時間を潰《つぶ》し、夕方、六時頃《ごろ》に家へ戻《もど》ってみると、家は空っぽだった。

「どこへ行ったんだろう？」

と呟《つぶや》きながらダイニングルームへ入ると、食事の仕度《したく》が途中《とちゅう》で放り出してある。

テーブルにひどく急いだらしい、走り書きのメモがあった。

〈木谷さんが倒《たお》れました。救急車に付《つ》き添《そ》って行きます。純江〉

4

やっと病院が分って、駆《か》けつけたのは、一時間以上もたってからだった。

廊下《ろうか》の椅子《いす》に、こわばった顔つきで、身じろぎもせず、純江が座《すわ》っている。

「おい、純江！」

と声をかけると、ハッと顔を上げた。

「あなた！　よく分ったわね」

「捜《さが》したぜ。どうしたんだ、一体？」

「食事の仕度《したく》を手伝うとおっしゃったのよ。いいから休んでいてくれるように言ったんだけど、大丈夫《だいじょうぶ》だから、って……。そして、急にめまいがしたようにふらついて、そのまま倒《たお》れて意識《いしき》を失っちゃったの」

「そうか。どんな具合なんだ？」

「分らないわ。ここへ着いた時は、まだ息があったけど……」

「そうか。――実はな、ちょっと話があるんだ」

「え？」

秀治は三田から聞いた話を手短かに話してやった。

「――まあ、それじゃ、木谷さんは、最初からそのつもりで……」

「そうなんだ。だからもう遺言状《ゆいごんじょう》に俺《おれ》たちのことも書き入れているかもしれない。それなら、このまま死んでくれても構《かま》わないんだがな」

突然《とつぜん》、純江がきっと秀治をにらみつけた。

「何てことを言うのよ！」

秀治は面食らって、

「おい、何だよ、どうした？」

「あなたって人は……人でなし！」

「何だと？」

「あんないい人を……死ねばいいなんて、よくも言えたものね！」

「おい、待てよ。俺《おれ》は何も――」

「もうごめんよ！　私《わたし》はあの人が好きなの。いつまでも長生きしてほしいのよ」

「しかし俺《おれ》たちの借金は――」

「家を出て行けばそれで済《す》むんじゃないの！　それぐらいのこと、何だっていうのよ？」

秀治は何がどうなっているのか、さっぱり分らず、ただ目を白黒させるばかりだった。

「――ともかく、ここでそんなでかい声を出すなよ、聞かれたらどうする」

と、慌《あわ》ててなだめる。そこへ、白衣の医師《いし》がやって来た。

「木谷さんのご親戚《しんせき》ですか？」

純江が立ち上って、

「いえ……。知人ですが」

「そうですか。あまり身寄《みよ》りの方はおられないようですな、あの方には」

「ええ。そのようです。——具合はどうでしょうか？」

「命は取《と》り止《や》めました」

純江は思わず目を閉《と》じて、

「よかったわ！」

と、息をついた。

医師《いし》は難《むずか》しい顔で、

「しかし、油断《ゆだん》は禁物《きんもつ》です。この次、同じような発作《ほっさ》が起きたら、今度こそ危《あぶな》い」

「では入院を？」

「そうするのが賢明《けんめい》ですな」

「分りました。私《わたし》が手続きをします」

「助かります。それで……」

と、医師《いし》はちょっとためらってから言った。

「今の発作《ほっさ》が相当にひどかったので、全身に麻痺《まひ》が来ているのです」

「というと……」

「寝《ね》たきりの状態《じょうたい》ということになりますな」

「まあ……」

純江は首を振《ふ》った。「お気の毒だわ」

「それで、誰《だれ》か、そばについている人間が必要です。あの方はかなりの財産家《ざいさんか》のようですから、しかるべき人を雇《やと》うのがいいでしょう。その手配をお願いできますか？」

純江はちょっと考えてから、きっぱりと言った。

「その必要はありませんわ。私《わたし》がついていますす」

秀治はびっくりした。——そこまでやってやることはないぞ！　しかし純江は本気らしい。医者から、あれこれ詳《くわ》しい話を聞いている。

「おい、どういうつもりだ？　ずっとこの病院にいる気なのか？」

と、医者が行ってしまってから、秀治は言った。

「ええ。あなた、一人で適当《てきとう》にやってね」

「冗談《じょうだん》じゃないぜ、おい！」

「私《わたし》、本気よ」

純江は真直《まっす》ぐに秀治を見つめながら言った。「あの人は、私《わたし》たちが家へ呼《よ》ばなかったら、こんな風にならなかったかもしれないわ。私《わたし》たちの責任《せきにん》よ」

「しかし――」

「聞いて。私《わたし》はあの人の世話をしたいの。お金なんかどうでもいいのよ。きっと、あの人もそう長くはないでしょうけど、最後まで、ついていてあげたいのよ。――お願い、分ってちょうだい！」

秀治はため息をついた。純江の、こんなに真剣《しんけん》な表情《ひょうじょう》を見たのは初めてだ。

「勝手にしろ」

秀治は投げ出すように言った。

「竹中さん」

と呼《よ》ばれて振《ふ》り向《む》くと、三田が立っていた。

「やあ、こりゃどうも」

「どちらへ？」

「いや、晩飯《ばんめし》を駅前で食って来たところなんです。あなたは？」

「実は、ちょいとお会いしたくてね。お宅《たく》を捜《さが》そうと思って来たんですよ。そうしたら、ちょうど姿《すがた》が見えたので」

「そうでしたか。じゃ、その辺でお茶でもどうです？」

「いいですね」

——店へ落ち着くと、三田はすぐに口を開いた。

「あのお婆《ばあ》さん、入院したそうですね」

「発作《ほっさ》で倒《たお》れましてね。でも今は自分の家にいますよ」

「良くなったんですか？」

「いや、本人の希望なんです。死ぬなら自分の家で、というわけでね。医者も認《みと》めたものですから」

「するともう長くはないですね？」

「そう思いますね。何しろこの間の発作《ほっさ》で寝《ね》たきりでしょう。もっとも気分は悪くないようですが」

「誰《だれ》かがついているんですか」

「うちの家内が、ね。——おかげでこうして毎晩《まいばん》外食なんですよ」

「なるほど」

と、三田は笑って、「しかし、そこまで面倒《めんどう》をみると、向うも遺産《いさん》の取り分をはずむかもしれませんよ」

「さあ、どうですかね」

と、秀治は逃《に》げた。

――三田は真顔になると、身を乗り出すようにして、低い声で言った。

「金がいるんですよ」

「え?」

「勝負事が大好きでして。大分借金をこしらえているんです。近々、少しでも返さないとえらいことになりそうなんです」

「それはしかし――」

「どうなんです? あの婆《ばあ》さん、まだ死にませんかね」

三田は上目づかいに、狡《ずる》そうな目で秀治を見ている。まるで別人のような目つきだった。

「分りませんね。危《あぶな》い、危《あぶな》いと言われて何年も生きる人もいるし、至《いた》って元気でも一日でコロッと行く人もある……。医者じゃありませんしね。何ともお答えは――」

「そうですか」

三田は何やら思いつめたような顔で肯《うなず》くと、

「じゃ、どうも失礼しました」

と言って、秀治が止める間もなく、足早に店を出て行ってしまった。


「おかゆ、少し固かったですか？」

と純江が訊《き》くと、木谷鮎子は床《とこ》の中でそっと微笑《ほほえ》んで、

「いいえ。とってもおいしかったわ……。ごちそうさま」

「何かほしいもの、ありません？」

「いえ、今は結構《けっこう》よ。純江さん、少し休んで下さいね」

「いつも休んでますからご心配なく」

と、純江は笑顔《えがお》で言った。

「本当に……何の縁《えん》もないあなたに、こんなにしていただいて……。そう長いことはありませんから、もう少しお願いしますね」

「そんなこと……。早く良くなって下さい」

「ありがとう」

玄関《げんかん》の開く音がして、秀治が顔を出した。

「あら、あなただったの」

「やあ。どうです、具合は？」

「竹中さん、すみませんね、奥様《おくさま》を……」

「いいんですよ。行儀《ぎょうぎ》見習いのつもりで、うんと働かせて下さい」

と、秀治は言って、「ほら、果物を買って来た」

「そう。じゃ冷蔵庫《れいぞうこ》へ入れるわ」

「私《わたし》は少し眠《ねむ》りますから……」

と、木谷鮎子は呟《つぶや》くように言った。

「それじゃ、何かご用の時は呼《よ》んで下さい」

——二人は台所へ行った。

「顔色、悪くないじゃないか」

「ええ。食欲《しょくよく》も少し出て来たし。もっと長生きさせてみせるわ」

秀治は苦笑《にがわら》いした。

「そんなに張《は》り切《き》ってるお前を見たのは初めてだな」

「そう？——あなた、ごめんなさいね。放っておいて」

「いいさ。これも人助けだ」

「そうよ。本当にいいもんだわ、人助けって。——あ、そうだ。薬を持っていかなきゃ」

純江は急いで薬と水のコップを持って台所を出て行った。秀治は大きく伸《の》びをして、手近な椅子《いす》へ腰《こし》かけた。そのとき、

「キャーッ！」

と、純江の悲鳴が耳に飛《と》び込《こ》んで来た。

廊下《ろうか》を走って行くと、木谷鮎子の寝《ね》ていた部屋から飛び出して来た男とばったり出会った。——三田だった。

「しっかりして！　しっかりして下さい！」

純江が木谷鮎子の顔の上に押《お》しつけてあった枕《まくら》をはねのけて、叫《さけ》んだ。秀治は青ざめて突《つ》っ立《た》っている三田を見た。

「貴様《きさま》……」

秀治はこみ上げて来る怒《いか》りを込《こ》めて、三田の顔へ拳《こぶし》を叩《たた》きつけた。


「それじゃ、木谷さんは、三田に殺されたわけじゃないんですか？」

秀治は思わず訊《き》き返した。小太りで、愛敬《あいきょう》のある顔をした弁護士《べんごし》はこっくりと肯《うなず》いて言った。

「検死《けんし》の結果、分ったそうです。三田が襲《おそ》うより前に、息を引き取っていたのです」

「まあ。それじゃ、とても安らかに……」

と、純江は言った。

「苦しまずに亡《な》くなったようです。それだけは幸いでした」

「本当に……」

「ところで、遺産《いさん》の件《けん》ですが」

と、弁護士《べんごし》は書類を広げた。「あなた方へ、故人《こじん》は現金《げんきん》でほぼ……相続税《そうぞくぜい》を引いて七千万ほどを遺《のこ》しておられます」

秀治はちょっと間を置いてから言った。

「それはいただけません」

純江が驚《おどろ》いて秀治を見た。秀治は続けて、

「いただく資格《しかく》がありません。何しろ僕《ぼく》らは初めから、お金を目当てに、あの人へ近付いたんですから」

「それはあの方もご承知《しょうち》でしたよ」

弁護士《べんごし》の言葉に、二人は思わず顔を見合わせた。

「それじゃ――」

「あなた方が初めてあの方の家を訪問《ほうもん》された後、私《わたし》はあの方から、あなた方のことを調べるように言われたのです。あなた方がお金に困《こま》っておられること、お家も抵当《ていとう》に入っていること、総《すべ》て、あの方はご存知《ぞんじ》でした」

「そうでしたか……」

「それでもあの方は、あなた方の親切に感謝《かんしゃ》しておいででした。特に奥様《おくさま》の看病《かんびょう》ぶりは、とてもお金だけを考えている人にはできないことだとおっしゃって……」

純江はすすり泣いた。

「――ですから、ご遠慮《えんりょ》には及《およ》びません。あの方は総《すべ》てを承知《しょうち》の上で、これだけのものをあなた方へと遺《のこ》されたのです。どうぞ、お受け取り下さい」

秀治はしばらく考《かんが》え込《こ》んでいたが、やがて大きく一つ息をつくと、

「分りました」

と肯《うなず》いた。「今、さし迫《せま》って返さなければいけない借金があります。それを払《はら》えないとあの家を出て行かなくてはいけないんです。その借金を返す分だけちょうだいします。それ以上は一円もいりません」

「しかし――」

「どうか……施設《しせつ》のようなところへ寄付《きふ》してもらえるように、手配していただけませんか」

弁護士《べんごし》は微笑《ほほえ》んで、

「分りました」

と肯《うなず》いた。

笑うと、童顔がますます可愛《かわい》くなった。


外へ出ると、秀治は言った。

「先に帰ってくれないか」

「あら、どうして？」

「ちょっと友達を訪《たず》ねて行こうと思うんだ。――仕事を世話してくれるかもしれない」

「一緒《いっしょ》に行くわよ」

純江は秀治の腕《うで》を取った。

「ま、いいや。じゃ、行こう」

歩き出して、秀治は言った。「もう今度は――」

「分ってるわ。何も言わなくても」

秀治はちょっと笑ってから、

「そうか。借金を返すあてはついたんだ。職探《しょくさが》しは少しぐらいのばしたっていいや」

「どうするの？」

「どこかで昼飯を食べよう。腹《はら》が減《へ》ったよ」

「そうね。そう言えば私《わたし》も」

「何にする？」

「中華《ちゅうか》がいいわ。安くて量があるもの」

「よし、そうしよう」

二人は足を早めた。

よく晴れた昼下がりだった。

解説《かいせつ》　邪《よこしま》な思いと優《やさ》しさが背中合《せなかあ》わせのミステリー

山前《やままえ》　譲《ゆずる》

ミステリーの多くは犯罪《はんざい》を扱《あつか》ってきました。犯罪《はんざい》が社会的に許《ゆる》されていないのは明らかです。その背景《はいけい》に憎悪《ぞうお》や欲望《よくぼう》があることも確《たし》かでしょう。けれど、そんな悪を描《えが》きつつも、読後にホッとするミステリーも少なからず書かれてきました。赤川次郎《あかがわじろう》さんの短編《たんぺん》ベストセレクション、「赤川次郎　ミステリーの小箱」の一冊《さつ》である本書『命のダイヤル』には、邪《よこしま》な思いがベースにありながら、人の優《やさ》しさが伝わってくるミステリーが四作収《おさ》められています。

医学は年々進歩しています。ですが、人はまだ死から逃《のが》れることはできません。死を免《まぬが》れない難病《なんびょう》を患《わずら》ったならば、患者《かんじゃ》本人はもちろんのこと、家族も動揺《どうよう》してしまうはずです。最初の「残された日々」の伊坂《いさか》家では、十六歳《さい》の娘《むすめ》、美奈《みな》の病気に両親が心を痛《いた》めています。「せいぜい、もって三か月」という医者の診断《しんだん》を、美奈にとても言うことはできないからでした。

あらゆる治療《ちりょう》を試みたとしても、せいぜい一か月かそこら、先にのばすことしかできない――そんな時、美奈が家出してしまいます。「自分の病気のこと、よく知ってます」と書かれた手紙が残されていました。その美奈が訪《おとず》れた海辺の町で、会社の金を盗《ぬす》んだ中年男性《だんせい》と出会い、ミステリーの幕《まく》が開きます。悪には悪なりの、優《やさ》しさには優《やさ》しさなりの結末が待っているのでした。

次の「間違《まちが》えられた男」の明日」も家族をめぐってのミステリーです。戸川《とがわ》は七年前、ある事件《じけん》で逮捕《たいほ》され、犯人《はんにん》ではないという叫《さけ》びも虚《むな》しく有罪《ゆうざい》となり、刑務所《けいむしょ》に服役《ふくえき》する身となってしまいました。ところが、その事件《じけん》の真犯人《しんはんにん》が分かったというのです。無罪放免《むざいほうめん》となりましたが、いまさらという思いがあります。すでに妻《つま》とは離婚《りこん》していましたし、その妻《つま》は自分の元部下と再婚《さいこん》していたのですから。

出所の日、久《ひさ》しぶりの自由を実感する一方で、戸川はこれからの生活に不安を覚えます。そこに姿《すがた》を見せたのは中学二年生になった娘《むすめ》の晴子《はるこ》でした。戸川はその成長した姿《すがた》に安心する一方、かつての妻《つま》への未練もありますし、自分を無実の罪《つみ》に追《お》い込《こ》んだ人たちへの恨《うら》みも募《つの》っていきます。戸川のそんな思いをさらに駆《か》り立《た》てていくのは……。

「赤川次郎　ミステリーの小箱」で謎解《なぞと》きの物語をまとめた『真夜中の電話』に収録《しゅうろく》の「『コレクター』になった日」と同じように、この一作も映画《えいが》をモチーフとしています。映画《えいが》『間違《まちが》えられた男』は一九五六年製作《せいさく》のアメリカ映画《えいが》で、監督《かんとく》は「サスペンス映《えい》画《が》の神様」といわれているアルフレッド・ヒッチコックです。強盗犯《ごうとうはん》に間違《まちが》えられた男が無実を証明《しょうめい》する物語と、その妻《つま》の精神的《せいしんてき》ショックを描《えが》いていました。実際《じっさい》にニューヨークであった事件《じけん》が基《もと》になっているそうですが、身の潔白《けっぱく》を証明することが大変であるのは、今なお変わりありません。

「残された日々」と「『間違《まちが》えられた男』の明日」では、あらためて気付かされる家族の絆《きずな》が読者の心にしみわたります。子はかすがい、といっても今ではあまりピンとこないかもしれませんが、この二作では、自身の境遇《きょうぐう》をしっかり見すえた娘《むすめ》たちの、一途《いちず》な思いが伝わってきます。それもまた優《やさ》しさの表れでしょう。

家族は、そして親子は社会の基本的《きほんてき》な人間関係です。SFの世界でもない限《かぎ》り、わたしたちには「親」がいるからです。当然ながら赤川作品にもたくさんの家族が登場してきました。『非武装《ひぶそう》地帯』、『帰るには遠すぎて』、『無言歌』、『風と共に散りぬ』、『台風の目の少女たち』、『月光の誘惑《ゆうわく》』……。〈三姉妹探偵団《たんていだん》〉や〈南条《なんじょう》姉妹〉など、シリーズものでも家族はキーワードとなっていますが、なんといっても注目すべきは〈杉原爽香《すぎはらさやか》〉のシリーズでしょう。毎年、暦《こよみ》通りに歳《とし》を取っていく爽香ですが、初登場の『若草色《わかくさいろ》のポシェット』では中学三年生だったのに、今や一児の母！　家族の存在《そんざい》を一番強く感じる赤川作品です。

つづく「命のダイヤル」はこれぞサスペンスという展開《てんかい》です。夜の七時半、河本美津子《かわもとみつこ》の自宅《じたく》に、勤務先《きんむさき》の係長の鳥崎《とりさき》から電話がかかってきました。なんと「僕《ぼく》は今夜十時半に死ぬ」というのです。いったいなぜ？　なんとか引《ひ》き留《と》めなくては！　しかし、鳥崎の自宅《じたく》へ電話をしても誰《だれ》も出ません。美津子は妹の理沙《りさ》とともに手を尽《つ》くすのでした。鳥崎の大学時代の友人も協力してくれました。さて、鳥崎はいったいどこで自殺をするつもりなのでしょうか。

ダイヤルを回して電話する——テレビのチャンネルを回す、と同じくらいはるか昔の表現《ひょうげん》となってしまいました。自宅《じたく》に電話を引くのがひとつのステイタス・シンボルだった頃《ころ》もあります。でも今はまた、家電《いえでん》が少なくなってしまったのですから、時代の流れとは面白《おもしろ》いものです。

スマートフォンのようなパーソナルな電話が当たり前となってしまうと、「命のダイヤル」での手《て》に汗握《あせにぎ》るストーリーは実感がないかもしれません。ですが、今でも、スマートフォンの電池が切れてしまったら、けっこうパニックになるのではないでしょうか。待ち合わせでもしていたら大変です。家族や友達の電話番号をちゃんと覚えていますか？　いや、どこかで充電《じゅうでん》すればいいでしょう。はい、その通りです。でも、壊《こわ》れてしまったりどこかに落としてしまったら？

意外に人と人とのつながりはもろいものです。しかし、電話が人間関係における大切な手段《しゅだん》であるのは、昔も今も変わりありません。えっ、もっと昔は電話すらなかった？　そんな時代にもなにかしらの工夫《くふう》はあったでしょう。そしてそこには、優《やさ》しさもあったに違《ちが》いありません。

最後の「昼下がりの恋人達《こいびとたち》」のストーリーは皮肉たっぷりです。結婚《けっこん》間近の秀治《しゅうじ》と純江《すみえ》が、ローンで購入《こうにゅう》した新居《しんきょ》を見ての帰り、電車の中で具合の悪くなった老人を助けます。結局、その老人は亡《な》くなってしまうのですが、親切に報《むく》いたいと二人に遺産《いさん》の一部を贈《おく》ってくれるのでした。その額《がく》なんと五千万円！　家のローンを払《はら》ってもたっぷり残ったのですが、たった一年で……。

味を占《し》める、とはまさにこのことでしょうか。窮地《きゅうち》に陥《おちい》った秀治と純江にまたチャンスが訪《おとず》れ、期待がふくらみます。そこに邪《よこしま》な気持ちがあったのは間違《まちが》いありません。ですが、優《やさ》しさが二人を助けるのでした。

ふとした弾《はず》みで誰《だれ》もが抱《いだ》いてしまいそうな邪悪《じゃあく》な心。それとの対比《たいひ》によって思いやりの心が際立《きわだ》っていくのが本書です。「赤川次郎　ミステリーの小箱」にはその他、ミステリーらしい謎解《なぞと》きが興味《きょうみ》をそそる『真夜中の電話』、恐怖《きょうふ》と愛の物語をまとめた『十代最後の日』、身近な学園を舞台《ぶたい》にした『保健室《ほけんしつ》の午後』、今の日本社会の危《あや》うさを伝える『洪水《こうずい》の前』と、多彩《たさい》な赤川作品がラインナップされています。きっとどの一冊《さつ》も楽しく読みおえることができるでしょう。

〈初出〉

「残された日々」　『死者におくる入院案内』　実業之日本社文庫　二〇一四年十二月刊
「「間違えられた男」の明日」　『ふしぎな名画座』　角川文庫　一九九八年三月刊
「命のダイヤル」　『駈け落ちは死体とともに』　集英社文庫　一九八三年六月刊
「昼下がりの恋人達」　『昼下がりの恋人達』　角川文庫　一九八二年五月刊

赤川 次郎（あかがわ・じろう）
1948年福岡県生まれ。日本機械学会に勤めていた1976年、「幽霊列車」で第15回オール讀物推理小説新人賞を受賞して作家デビュー。1978年、『三毛猫ホームズの推理』がベストセラーとなって作家専業に。『セーラー服と機関銃』は映画化もされて大ヒットした。多彩なシリーズキャラクターが活躍するミステリーのほか、ホラーや青春小説、恋愛小説など、幅広いジャンルの作品を執筆している。2006年、第9回日本ミステリー文学大賞を受賞。2016年、日本社会に警鐘を鳴らす『東京零年』で第50回吉川英治文学賞を受賞。2017年にはオリジナル著書が600冊に達した。

編集協力／山前 譲
推理小説研究家。1956年北海道生まれ。北海道大学卒。会社勤めののち著述活動を開始。文庫解説やアンソロジーの編集多数。2003年、『幻影の蔵』で第56回日本推理作家協会賞評論その他の部門を受賞。

赤川次郎　ミステリーの小箱

泣ける物語　命のダイヤル

2018年1月　初版第1刷発行

著　者　赤川次郎

発行者　小安宏幸
発行所　株式会社 汐文社
東京都千代田区富士見1-6-1
富士見ビル1F　〒102-0071
電話：03-6862-5200　FAX：03-6862-5202
印刷　新星社西川印刷株式会社
製本　東京美術紙工協業組合

ISBN978-4-8113-2455-5　乱丁・落丁本はお取り替えいたします。